自由の女神は微笑まない

永井夢尾

自由の女神は微笑まない

1

すえた匂いがこの建物には染みついていた。下水の匂いが流しの穴から這い上がり、古びた煉《れん》瓦《が》は地下の汚水を含んで角が欠け、調子の悪いヒーターはときおりぞっとする音をたてた。モニカは夫のマイケルが中国人の古道具屋から譲り受けた石油ストーブに火を点《つ》けた。それはこの部屋の中で唯一、彼が愛着を感じていた物かもしれない。モニカは眠っている息子のカールに視線を向けた。

カールは垢《あか》で汚れた毛布に首を突っ込んでいた。外の通りからドラム缶を蹴りつける音がすると、小さな肩を震わせた。

外では酔っぱらいが喚いていた。野良犬の勇ましい吠え声がブロック中に響き渡る。

モニカとマイケルの出会いに不安がなかったわけではなかった。マイケルはジャズ・プレイヤーを目指していたし、モニカは舞台に立つために稽古《けいこ》通いをしていた。二人には安定した収入はなかった。

モニカは外の通りから聞こえる喚き声が夫のマイケルであることに気がつき、窓側に寄ってカーテンを引いた。

通りを隔てた歩道の街路灯に額をつけて腕を垂らしている男がいた。手にはウイスキー瓶を持ち、今にも倒れそうにふらついていた。彼女はその姿を瞳に焼きつけた。夫はアイロンをかけたシャツを気に入らないとでも言いたげにズボンからはみ出させ、黒いオーバー・コートをだらしなく着ていた。

彼女はこのアパートの階段をマイケルが上ってくるのであれば自分が出ていこうと思った。

マイケルは街路灯から手を離すと、よろめきながら通りを横切り、ウイスキーを一口飲み、腕で口元を拭ってから、ちらりとこちらを見上げた。その瞳が怒りで光ったように見えた。路上に置いてあるポリバケツをつかむと、アパートの壁に投げつけ、背中を向けて歩きだした。モニカは窓を押し上げ、

「どこに行くのよ！」

声を振り絞った。

「許せない。私はあんたを一生恨むからね！」

マイケルは道路を横切っていた足を止めた。

「このろくでなし！」

いったんは立ち止まったが、背中に罵声を浴びせかけられるとマイケルは、再びよろめきながら歩きはじめ、大声で歌を口にした。それは淫らな娼婦のことを歌った流行歌だった。モニカは過ぎ去った時間の重さを感じた。

『夫はいいかもしれない。努力をして負け犬になったのだから。しかし私にはそんな時間はなかった。彼とカールを養うために夢を捨て、低賃金の労働をしてきた』

モニカはこの居住区にいる誰よりも心だけは高貴であろうとした。他の者のように愚痴をこぼしながら、いつしか内面まで粗野になってしまう人間にはならないようにした。公衆の面前であろうと常に喧嘩が絶えないこのアパートにいて、マイケルを見守り続けてきた。

彼女は何人ものアルコール中毒患者を知っていた。マイケルにも注意してほしいと伝えていた。子供を持つ母親でさえ、このアパートでは真っ昼間から酔っぱらっていた。

モニカはマイケルが自分を侮辱しても反抗しなかった。何かを守り続けていれば悪い方には向かわない、そう信じていた。

けれどもその信念は音をたてて崩れた。ここまできたら、もうどうなってもいい、そう思った。が、自分の人生が一人の男の存在によって左右されるほど脆いものだとは思わなかった。モニカには明白にわかっていることがあった。このアパートを出ればいい、それだけだ。

マイケルに未練はなかった。自分がいなくなればどこかの安っぽい女性を引っかけて暮らすだろう。だが幼いカールのことを思うと、胸が締めつけられた。

モニカは振り返ってカールの顔を見詰めた。そばによって頬を撫でると、ぴくりと瞼を震わせた。幼い寝顔を見ていると、脳裏をよぎるのは、このアパートの住人のようにその日暮らしをする男たちの姿だった。肌の色からすでに差別の対象となるこの国では与えられる職は限られていた。彼にはそんなふうになってもらいたくなかった。

「勉強するのよ、カール。強くなるのよ。お父さんのようになってはいけない。お酒を飲んではいけない。わかる、カール？」

頬に口づけをすると、薄く目を開けて、眩しげにカールは顔を歪めた。

「ごめんなさい、起こしてしまったわね」

破れた毛布にしがみついている手が、痛々しく彼女の目に映った。あかぎれしている指は、もっとひどく荒れている手に包まれた。

彼女は自分よりも黒い手を見詰めて、その色をいとおしく思った。決して報われることのない色。だがそれであるがために、ひたむきな努力をする手。またそれであるがために打ちひしがれてしまう手。けれども、負けた、ということを認めなければ、何かができる可能性を秘めている。

モニカは、「お休み」と言うと薄汚れた台所に入った。

ベーコンを焼く匂いが部屋の中にこもった。準備をし終えるとテーブルに着き、息子に宛てた手紙を書いた。

モニカは友人のジョアンナの言葉を思い出した。マイケルとの結婚を躊躇《ためら》っているとき、ジョアンナは辛辣《しんらつ》な口調でモニカを咎《とが》めた。

「アタイたちは黒よ。いいこと、ここは天国なんかじゃない。どんなところだと思う？　移民を受け入れる自由な国？　夢と希望にあふれている国？　とんでもない、アタイたち黒は、黒として生きるために場所を与えられただけよ。決して金持ちや有名人になるために受け入れてくれたわけではない。昔から奴隷として社会の中でコキ使われてきたのよ。それが農園じゃなくて近代的な建物に変わっただけ。アタイたちは下働きでおしまいよ。それも白人が嫌がる仕事をしてね。アンタはハーフだから中途半端なのよ。何かになれると思っている。でもその色は白ではない。鏡をよく見るのね。結婚には賛成だけどアンタの戸惑いには賛成できないね」

ジョアンナには、今の自分の悩みも高慢ちきなものに映るに違いないとモニカは思った。黒ならば与えられた運命にしたがって生きなければいけない。今、マイケルを見放し、息子のカールを置き去りにすることは許されることではないはずだ。

朝が訪れ、小鳥の鳴く声が聞こえてきた。彼女はあわててもう一通のマイケル宛の手紙を書き終えると、衣服を皮のスーツケースに詰め込み、カールの頬にキスをして部屋を出た。

広い通りに沿った歩道に出ると、マイケルはよろめきながら、看板を煉瓦の壁にかけたエスニック料理屋の前で、

「おうい、ホセ。字の読めねぇホセ。出てきやがれ。てめえなんかに俺の音楽がわかってたまるか！　くそ野郎、母ちゃんの尻に指、突っ込んでるんじゃねえぞ。こら、起きろ！」

鉄格子を揺さぶり、空っぽのウイスキー瓶を打ちつけて割った。

歩道の端には、燃やされたドラム缶のゴミ箱が、今もくすぶって薄い煙を上げていた。マイケルは夕方になると、この店で酒を飲み、追い出されると他の仲間と新聞紙を燃やして暖を取った。

「ピッツバーグじゃ、黒人が引っ張りだこらしいぜ。何をやらせてくれると思う。手に鶴嘴《つるはし》持たされて洞穴掘りだ。肺は真っ黒になっちまうそうだ」

「何でそんなこと、言うんだ？」

「へへ、お前さんにゃ、お似合いってことよ」

マイケルはうすら笑いを浮かべて、

「女の穴も掘れねえ奴には無理だ。俺にはできるが、あんたにはできないってことだ」

唾を吐いて、片目が戦争でつぶれた男ににらみをきかせてから、襟元を合わせた。ここでは、

ハイエナのように目を光らせていないと、いつのまにか周りの笑い者にされて追い払われてしまう。食い扶持《ぶち》を失った人間は、橋の下でのたれ死んでせせら笑われるのが落ちだ。

マイケルはこの辺りを荒らしていた。ボトルを持った寂しがり屋の男が現れると笑顔で迎え、中で飲んでいる者がいれば、ひやかして外に出してたかれるだけたかった。

今日も野球狂いの車椅子の男から、ドラム缶の火に当たりながら相づちを打って、酒を横取りしていた。たまりかねた店のホセが、

「いい加減にしねぇと警察を呼ぶぞ。ラッパ吹きさんよ」

彼がいることによって客足が遠退いていることに内心煮えくり返っている感情を表に出した。

「ラッパ吹き？　お前、誰のことを言っているんだ？」

「お前だよ」

マイケルは、触れてもらいたくないところを突いてくる生意気さに腹をたてた。

「もう一度言ってみろ」

「へへ。そう、真剣になるところをみると、まだ未練がましく思っているのかな？」

「俺は、ラッパ吹きなんかじゃねぇ」

「じゃ、口笛でも吹いていたのか？」

クスクスと周りの者が、意地の悪い笑みをもらした。

サックス奏者であったことは誰も知らないはずだ。客の誰かが以前のステージをどこかで見て、ホセに告げ口したに違いない。マイケルは、力を失った小鳥のように後ろに倒れそうになった。

「ほら、今日の酒だ。持っていきな。そして二度と来るんじゃねぇ。口笛吹きさんよ」

周りの者が笑い、口をすぼめてヒューと音をたてた。

マイケルはそのときの怒りをまだ内に秘めていた。アパートの方角に歩いていたときは放心状態になっていたが、モニカに怒鳴られてからは吹っ切れたようにいつもの調子に戻っていた。

「おい、このうすのろ野郎。母ちゃんのオッパイでも飲んでやがるのか？　いいか、ここは俺たちの街だ。でけぇ面するんじゃねぇ」

二階の窓が開いて、ナイト・キャップをかぶったホセの妻が、

「いつまでグウタレてるんだよ。いい加減にしないとおまわりを呼ぶよ」

水を入れたバケツをひっくり返した。ずぶ濡れになったマイケルは、足をすべらせてその場に転んだ。窓が音をたてて閉められるのを忌々しげに目の端におさめてから、チッ!、と唾を吐いて立ち上がり、白みはじめた空を見上げた。

ここが自分たちの街だと豪語しても、むなしく響くだけだということはわかっていた。ここは、その日その日をつつましく生きる哀れな労働者たちの街だ。

マイケルは再び歩きはじめた。寒さが身に滲《し》み、顔が凍るように冷たかった。道ばたの新聞紙を集め、風を避けるために地下鉄の階段を下りると、そこにうずくまって目を閉じた。

『俺は負け犬だ。とことん落ちるところまで落ちた。これからどうなるか見当もつかない……』

ゆっくりと始発の地下鉄の響きが聞こえてくると、脇を足早に下りていく足音が続きだした。マイケルはうつろな目を向けて仕事に行くために急いでいる姿を見詰めた。そして顔をしかめて立ち上がった。関節が軋《きし》むように痛かった。

『ピッツバーグじゃ、黒人がひっぱりだこさ』

それもいいかもしれない。黒人がどんな扱いを受けるのか、この目で確かめるのも……。俺の音楽は消えてしまった。まったく別の人間になってやり直すのも悪くはない。

マイケルは地下鉄のコインを買うと、グランド・セントラル駅へ向かうダウンタウン行きに乗った。

電車に揺られながらポケットの中を探った。しわくちゃになった五ドル紙幣二枚と二十五セント硬貨が三枚あるだけだ。これでは切符を買うことができない。アパートに戻ってモニカに借りようかと思ったが、彼女が賛成するはずがない。言い争いをして、気分の悪い思いをするだけだ。モニカにとっても俺がいない方がいいはずだ。

マイケルは、手持ちの金で行くことのできる駅まで乗り、その駅を出て、広い道まで歩くと、手を上げて、タンクローリーを止めた。

「ピッツバーグまで行くかい？」

運転手は胡散《うさん》臭そうに目を細めてから、顎で、乗れ、というように示した。

「途中下車でもよければな」

「ありがとさんよ」

通りではシャッターを上げて花屋が準備をはじめていた。パン屋が朝一番に焼く竈《かまど》の匂いを漂わせている。

「何を積んでいるんだ？」

「石油さ」

それから、嘲《あざけ》るように口元をゆるめて、

「おまえは何をしに行くんだ？」と聞いた。腹の中では、そんな格好をして、朝っぱらからどこへ行くんだ？　と笑っていた。

「俺か、働きに行くんだ」

「ピッツバーグにか？」

「そうだ」

「俺はまた、出所して職を探しに行くんだと思ったぜ」

「この俺がかい？」

「へへ、鏡を見ろよ。とても普通には見えないぜ」

「当たらずとも遠からずだ。ただし刑務所にはお世話になっていない」

「どこの出身だ？」

「ニューヨーク」

「ニューヨーク？」

「ああ。だがどこから来たかわからからない。あんたは？」

「お前と同じだ。ただし、でっぷり太った黒豚だがね」

彼は腹を揺らして笑った。

「今まで何をしていたんだ？」

マイケルは口を閉ざした。

「まぁいいさ。誰にでも他人に知られたくない過去の一つや二つはある」

「あんたは？」

「俺か？　俺は南部の農場で働いていた。十七の歳までな」

彼は鼻を擦って続けた。

「俺が働いていた農場のボスは嫌な奴だった。完全に俺たちを差別していた。まるで奴隷扱いだ。その息子が今は俺のボスなんだが、小さい頃、遊んでいた恩を忘れない人で俺をこっちへ呼んだってわけだ。あんたにボスはいるのか？」

「いや」

「そうだろうな、顔つきからわかる。こんなふうに言っても悪くとらないでくれ。俺は思ったことを口にしないと済まない方なんだ。俺は白人の中にもいい奴がいることを知っている。いいボスを見つけることだ」

車は郊外を走りはじめていた。高層ビルと貧しい住宅が建ち並んだ、いつも薄汚い雲に覆われたあの街と違い、こんもりとした森がのどかに続いていた。このような場所があるのにも関わらず、都会に執着して生きていたことが不思議に思われた。いったいあの街には何があったのだろう？　混沌とした喧噪と人々の悲しみと貧しさ、そして一部の人間の富、都市の繁栄、ジャズ……。

「ピッツバーグに当てがあるのかい？」

「いや」

「俺が仕事を紹介してやってもいいぜ」

マイケルは、視線を戻すと顎を引いて承知した。彼は大きな笑い声をたてると、

「よーし、これからは仲間だ。名前は何て言うんだ？」と聞いた。

「マイケルだ」

「よし、マイケル。俺は、クリスパス・ウォーラ。クリスと呼んでくれ」

「クリスパス・ウォーラ？」

「そうだ。クリスパスだ。この名前が誰にちなんだものか知っているか？」

「いや」

「クリスパス・アタックスだ。ボストンではじめてイギリス人に虐殺された黒人の名前だ。彼はイギリス兵に立ち向かった勇敢な市民だった。殺到した他の連中は兵士が銃を構えるとひるんでしまったが彼は違った。堂々と前に立ち、銃をもぎ取ろうとして撃たれた。だが、彼の死によって、この国は独立戦争へとなだれ込んだんだ。一人の黒人の勇気ある行動によってな」

彼は声の調子を落として、

「この国は黒人が作ったと言ってもいい。一番、この国を愛したのは黒人なんだ」

視線をハンドルの向こうにくぎづけにした。

「けっきょく……」

彼はニコリと微笑んで、マイケルの横顔を見詰め、

「俺もあんたと同じ黒だってことよ。今度の選挙をどう思う？」

「さぁ、関心ないいな」

「ケネディは変えてくれるぜ。俺たちの権利を守るために出るんだ。対抗馬のニクソンなんて糞食らえだ」

へへへ、と笑みを浮かべた。

「タバコ、あるかい？」

「ああ、勝手に吸ってくれ」

マイケルはハンドルを握りしめたクリスパスの節くれだった指を見詰めた。そこには白人に使われた苦悩が染み着いているように思われた。体には奴隷の血が流れている。土にまみれ、汗を流した多くの姿が息づいている。マイケルは自分の奏でたジャズが、そうした歴史ではなく、この都会で行き詰まった自分自身の姿を表していたことを思い知った。

「こんなこと聞くと何だが、女房はいるのか？」

「ああ」

「じゃ、稼いだら送るんだな。女を悲しませちゃいけねぇぜ」

「あんたは？」

「いるぜ。とびきりいい奴が」

マイケルはもの思いに耽《ふけ》った。今頃モニカは朝食の後片づけをしているのだろうか？　カールがベソをかいて手を焼かせているのかもしれない。それとも、いつものようにテレビを見ているのだろうか？　自分がいちばん売れていたときに買った、あのおんぼろテレビを。

モニカは自分が街から出たことにいつ気がつくだろうか？　向こうに着いたら手紙を書いて知らせなくてはいけない。その方が彼女のためになる。戻ってこないことがわかれば、新しい人生を戸惑うことなく踏み出すことができるだろう。

風景から民家が消え、どこまでも続く一本道が延びはじめた。摩天楼も、下水の匂いも酒の匂いも、うらぶれた浮浪者の酸っぱい匂いも、地下鉄の中でわめき散らす酔っぱらいの声も、子供の泣く声も、もうここにはなかった。

2

いつもより長くのんびりとした朝だった。カールは毛布の端から一度は顔をのぞかせたが、またもぐってしまった。しんと静まり返った空気の中を移動するモニカの足音が聞こえるはずだった。それからやがて焼かれるトーストの香ばしい匂いが……。

カールにとって朝は、早起きを強制されなければ、いたって幸福な時間だった。

カールは夢の中で薄暗い地下鉄の中にいた。椅子に座っていると、隣に来た老人が、

「これ、どうかね」と言ってホット・ドッグを差し出した。湯気がたち上らんばかりに温かいそれは、受け取ると柔らかく、曲がってしまいそうに先が垂れていた。カールは割れたあいだに挟まっているソーセージを見詰め、少し小さいのではないかと思った。

「ケチャップとマスタード、かけてもらった？」

「ああ」

「オニオンは挟んだ？」

「もちろんだとも」

「でも……」

「そうだな、何か飲み物を買うのを忘れていた。何がいい？」

カールは喜びで胸がはちきれそうになった。この口髭をたくわえた老人はとても親切で、気前良くホット・ドッグをくれただけでなく、飲み物も買ってくれると言う。母親とは比べものにならないほど優しい。カールは、この状況をモニカに見せたいと思った。以前、公園に行ったとき、ホット・ドッグが欲しいと言っても、無視された。そのとき、カールは何度も駄々をこねてようやく買ってもらうことができた。

「マスタードはどうします？」

こちらのことを気づかって聞いてくれたのにモニカは店の者に、

「いらないわ」

そっけなく答えてホット・ドッグを受け取った。

「いいこと、汚さないでね」

カールは、マスタードさえかけてもらえず、オニオンも挟んでもらえない状況に腹がたった。その上、口に入れておいしさを噛みしめていたいのに、母親は手を引っ張って急ぎ足で歩いた。

カールは半分ほど食べたところで、ホット・ドッグを道ばたに落として立ち止まり、モニカに指さした。

「何しているのよ！」

「落としちゃった」

カールは泣き出すために顔を歪めようと心の中で準備した。母親はため息をもらすと、手を離して道ばたに転がったホット・ドッグを拾い上げて汚れを払った。

「わざとやったのね。いいこと、ママを困らせないで。欲しい、と言うから買ってあげたのよ」

カールは泣かなければいけないと思い、声を震わせた。

「はい、手に持って。今日は練習があるから早く帰らないといけないの。わかってちょうだい」

アパートに戻った頃には、ホット・ドッグは惨めに指の跡を残してつぶれ、しばらくテーブルの上にあったが、それからゴミ箱に捨てられた。

カールは今、満足していた。何を買ってきてくれるのだろうか？　オレンジ・ジュース、最近、ショックを受けた炭酸入りジュース、コカ・コーラ、どれもこれも、捨てがたい。できれば二本買ってきてくれないだろうか？　そうすれば半分ずつ飲んで、二つのおいしさを楽しむことができる。カールは幸福な気分だった。そのとき、電車がトンネルの中から目を光らせてホームに滑り込んできた。いつのまにか、隣にいるモニカが、

「さぁ行くわよ」と手を引いて電車の中に乗りこませた。カールは目を丸くした。ホームではホット・ドッグと、やはり気をきかせて買ってきてくれた二本の飲み物を老人は持っていた。カールは戻らなくてはいけないと判断し、電車の扉から出ようとしたが、母親に引き戻された。

「離して！」

カールはガラス越しに悲しそうな顔をしている老人の姿を見た。電車が動きはじめるとその姿は、後方に流れていった。


周りに人々が集まってきたようなざわめきが聞こえた。胸が締めつけられる圧迫感に目を覚まし、薄目を開けてカールは部屋を見回した。まだ電車の中にいるような気分だった。

外では車が走り、その音が耳に残っている電車の響きと重なり合った。人の話し声が聞こえた。誰かを呼んでいるらしく、大声をたてていた。カールは母親を呼んだ。その声はむなしく響いて消えていった。今度はいくらか大きい声で呼んだ。今までにも目を覚ましたときに母親がいないことがあったので、カールはしだいに落ち着きを取り戻した。

いつものように書き置きがしてあって出かけたに違いない。けれどもベッドから起きなければテーブルの上を確かめることはできない。そろそろお腹も空いたことだし、毛布から出ようと思ったが、寒かったので、かぶりなおしてしまった。

ストーブを点けて出ていってくれればいいのに。食べるものをベッドの脇に置いていってくれればいいのに。カールは母親がベッドでものを食べることを許さないのを理解できなかった。これほど満ち足りた気持ちでいることができる場所から、いつも追い立てるように起こして、寒いテーブルに着かせることを恨んだ。大人は本当の楽しみを知らない、と思った。

カールはお腹がいよいよ音をたてて空腹を訴えはじめると、怒ったように顔を曇らせて毛布を両手ではねのけ、上半身を起こした。

両足を床に下ろすと、テーブルまで行って、紙切れを指に挟み、読みもしないで下に落とし、それから冷蔵庫まで歩いた。中を開けると、やはりそこには紙袋に包まれた朝食が用意されていた。いつものように温め直さなくてはいけない。包みから取り出したサンドイッチを冷蔵庫の上のオーブン・トースターに入れると、つまみを回してまたベッドに戻って、毛布にもぐった。

少し歩いただけで体は冷え、お腹はぐーっと唸りを上げた。

冷蔵庫の中にあったピーナッツ・バターを持ってきて舐めればよかった。けれどももう一度、寒い部屋を歩くのはイヤだ。

カールは体に毛布を巻くと、両足を下ろして、ぴょんと跳ねた。すると毛布が足に絡まり、テーブルの下に転がった。

おでこを打ったが、顔をしかめて痛みを我慢した。母親が見ていたら怒って毛布を引きはがし、

「何をしているの！」と雷が落ちる。そんなとき、母親なんかいない方がいい、と思う。

カールは今、一人だということをありがたく思った。このまま冷蔵庫まで這いずっても誰も咎めない。毛布にくるまったまま、ゴロリと一回転した。

あと少しだ。今度は方向を変えて二回転、三回転した。冷蔵庫の下まで来て顎を上げて、手を毛布から出してドアの角をつかんで開けると眩しい光が洩れ、カップが目にとまった。人差し指を差し込んで、たっぷりとえぐって口に入れると、舌の上でピーナッツ・バターがとろけた。それからオーブン・トースターの中のサンドイッチを取り出した。

ベーコン・エッグを挟んだそれは、夢で見たホット・ドッグと同じぐらいにおいしかった。ケチャップが少し足りない気がしたが、我慢した。

ふと床に落ちている紙切れに目がとまった。

『カール……』

手紙だった。

カールは最後まで目を通した。

もう帰ってこないという意味だろうか？　何度も読み返して、それからテーブルの上を見た。

そこにはお金が置いてあり、父親のマイケル宛ての封筒があった。

カールは窓のところに行くと、外にまだ母親がいないか探した。通りには数人の黒人がたむろして通行人に声をかけて騒いでいた。

車がクラクションを鳴らして走り去っていった。古いオーバー・コートを着た太った婦人が歩いている。

カールは部屋を出ると、階段を駆け下りた。


朝の冷たい空気は、通り全体を覆っていた。

カールは、父親に知らせなくてはいけないと思った。夕暮れになると、よく母親に言われてマイケルが飲んでいる店に行ったことがあった。そんなとき、父親はタバコの煙が目に滲《し》みる中で騒いでいた。自分を認めると声を落として横目で睨み、

「何しにきた？」と咎めた。

「ママが行ってこいって」

「わかった。すぐ帰る。ママにそう言っておけ」

カールは夕暮れの道を駆け足でアパートへ帰り、息を切らしながら、そのことを伝えた。母親のモニカは顔を曇らせてから、機嫌を直して、

「そう、寒かったでしょう。ミルクを温めてあげるわ」と言った。

何度かしてカールは、自分が呼びに行った日ほど、父親は遅く帰ってくることがわかった。


角を曲がって大通りに出ると、その料理屋の看板が目に止まった。しかし、いつも見る光景とは違っていた。通りで騒いでいる人間も、ドラム缶からぱちぱちと音をたてて昇る炎もない。カールは体から力が抜けて、その場にへたりこんだ。そして明かりの灯っていない看板を見上げた。カールにはレストラン、と書いてある文字しか読めなかったが、確かにここに違いなかった。

鉄柵につかまって中をのぞくと奥は暗く、椅子が上げられていた。二階を見上げると窓が少し開いていた。


カールは歩道を後ずさりして少しでも中が見えないかと背伸びをした。と、そのとき、パンの包みを抱えた婦人が、

「何をしているんだい？　坊や」と尋ねた。カールはびっくりした。婦人はカールのみすぼらしい姿を眺めて眉をひそめた。

「私の家の中を覗き見していたね」

カールは首を振った。

「じゃ、何をしていたか言ってごらん?」

「パパを探していた」

婦人はこの酒場の持ち主、ホセの妻だった。

ホセの妻は目を細めると、

「名前は何て言うんだい?」と聞いた。カールが答えようかどうしようかと戸惑っていると鉄の扉を鍵で開けて、

「中に入りな」と鋭い目で睨んだ。そして椅子を下ろしながら、

「あんた、ちょっと来ておくれ」とホセの妻は、中に声をかけた。奥から眠そうな顔をしたホセが現れると、

「この子に見覚えがないかい?」と聞いた。ホセは難しげな顔をしてカールを眺めてから、

「どこかで見たことのある顔だな」と答えた。

「正直に言いなよ」

ホセの妻はタバコを出して火を点けたが、その指は震えていた。主人のホセはただならぬ気配を察して、

「どうかしたのか?」と妻に聞いた。

「パパを探していたんだとよ。この子は、えっ、この家の窓を見上げてパパを……」

それから、ホセの妻は大声を出して、

「どこの馬の骨にはらませたんだよ。アタイに内緒で！」と叫んだ。ホセは、背中を反らせると両手を広げて落ち着くようになだめた。それから、

「確かにどこかで見かけた子供だが、どこでだったかな？」と自問した。カールが何か言おうとすると、

「そうだ、思い出したぞ。あのラッパ吹きの息子だ」と額を叩いた。カールは、

「パパはいつもここに来ていた」と言った。

「パパの名前は言えるだろう、何と言ったっけ？」

「マイケル・シモンズ」

「そうだ、マイケルだ。昨日の夜もやってきた。お前が夜、水をかけた奴だよ」

ホセの妻は勘違いだとわかると、

「さあ、家に帰った。ここは子供の来るところじゃないよ」と言った。するとホセが、

「奴はまだ家に帰っていないのか？」と心配した口調でカールに聞いた。

「どこにいるのか教えて」

カールが俯《うつむ》いて呟《つぶや》くとホセの妻は、

「どこかでグウタレてるんだろうよ。夜になればまたここに来るさ」とパンを片づけて掃除にか

かった。ホセが首をかしげて、

「かなり酔っていたからな。車にでも轢《ひ》かれていないといいんだが……」と呟くと、

「あんた」と妻が厳しい口調で注意した。

「子供の前でなんてこと言うんだい」

カールは通りに飛び出していた。


部屋に戻ると、夕方までカールはベッドにうつ伏した。窓の外は暗くなり、冷たい風が入り込んだ。朝、サンドイッチを食べただけなのにお腹は空かなかった。カールは、

『どうして?』と考えた。

外の通りを男が大声を出して走っていくと、その堅い足音に背筋がぞっとした。車が通る度に鳴らされるクラクションと人々のざわめきは何か怖い世界を連想させた。

やがてカールは眠りに落ちた。唇はときおり震え、母親を呼ぶ声がもれ、幼い顔はその度にわずかに歪んで悲しみを表した。


朝、カールは小鳥の鳴く声に目を覚ました。喉が乾いていた。眠い目を擦って、冷蔵庫から牛乳を取り出して飲んでから、ストーブをつけるためにマッチを擦った。軸を落とすと、炎は小さ

くなってから勢いよく燃え広がり、円を描いて赤い炎をたち上らせた。

カールは椅子を持ってくると、ストーブの前に座ってうつらうつらとした。背中が椅子の背もたれを滑っていくと上に這い上がってお尻を落ち着かせた。けれどもまた姿勢が崩れた。お尻が落ちそうになるとカールは膝小僧が熱くなっていることに気がついて、薄目を開けて今度は椅子の背もたれを抱いて反対向きに座った。しばらくのあいだは背中が温まって意心地がよかった。カールはそのまま眠ってしまった。

夢の中でカールは母親に会った。夕暮れの路地裏だった。

何人もの人間が脇を過ぎていった。

母親のモニカは涙を流していた。どこかにこれから出かけていく姿だった。トランクを持ち、コートの衿を立て、手袋をはめている。

カールは一歩前に進んで立ち止まった。母親の向こう側に父親のマイケルがいた。

マイケルがモニカに近づく。いつものように酔っていた。何かが起きる。カールは目を閉じた。

しかし、何も起きなかった。目を開けると、そこには誰もいなかった。カールは首を回して辺りを探した。薄暗くなった路上には新聞紙が風に舞って音をたてていた。

カールはいつの間にか転がり落ちて床に寝ていた。手を伸ばして椅子を引き寄せて起こし、それから両手で背もたれをつかんで、もたれかかるようにして座った。

背中が温かくなり、再び眠気が襲ってきた。

体が左右に揺れる。

大きな物音がしたとき、カールは何が起きたのかわからなかった。ストーブが倒れかかってくるのが見えた。

細い炎が横になったストーブの筒の下から這いずり出てきた。炎は小さな生き物のように移動し、それから瞬く間に踊り狂った。

カールは、引きつった叫び声を上げた。


病院の廊下で黒人の婦人が看護婦を相手にまくしたてていた。

「私は知らないよ。隣の部屋から叫ぶ声がしたから見にいったんだ。ドアから煙が出ていて、まさか、あんなことになっているとは思わなかったよ。ドアを開けると、真っ赤な火の海だった。私は逃げたかったけど、下を見ると、あの子が倒れているじゃないか。すぐに助け出したけれど、ものすごい火だったよ。どうしてあんなことになったんだろうね。あの子は助かるのかい？両親はこのあいだも喧嘩をしていたよ。夜逃げしたのじゃないのかい？　言っておくけど、私は加害者じゃないんだ。どうして咎めだてするような口調で警察は聞くんだ？　人助けをしたんだから誉められてもいいところだよ。それに私だって火傷《やけど》を負ったんだ。この治療費は誰が払ってくれるんだい？」

カールは二日間眠り続けた。鼻にはチューブが通され、頬から首にかけてと背中、両腕に火傷を負っていた。薄く開いた瞳には光がなかった。

「具合はどうかしら？」

「ココハ、ドコ？」

しどろもどろの口調でカールは聞いた。

「病院よ」

「ボクハ、ドウシタノ？」

「もう、心配しなくていいのよ。すぐによくなるから」

頬のガーゼを新しく貼り替えた看護婦は器具の片づけが終わると、台車を押して出ていった。

カールは起き上がろうとした。すると頬から首の表面に痛みが走り、上半身が鉛のように重くなった。両手には包帯が巻かれていた。目を閉じると、荒々しい炎が飛び跳ねて火の粉を吹いた。カールは瞼の裏で叫び続けている自分の姿を見た。

昼どきになると、看護婦が食事の用意をしに来た。カールは容器の蓋を開けると、吐きそうになった。

「どこか痛いところはある？　背中を見せてもらっていいかしら？」

カールの火傷は頬から首以外、表面の皮膚組織がただれただけで、その下部組織には及んでいなかった。一酸化炭素による中毒も発見が早かったおかげで、気管支に少々、炎症がみられただけで心配するほどのことではなかった。

入院中、両親は現れなかった。制服を着た男が病室に来て火事の原因と両親について聞いたが、カールは居場所を伝えることができなかった。制服を着た男は難しそうな顔をして口元を歪めてから、傍らに立っている医師と相談をした。

退院が近づいたある日、カールは医師から一人の男を紹介された。顎髭《あごひげ》を生やした初老の黒人の牧師だった。

「この方が、これから君の保護者になってくれるバド・ジョーンズさんだ」

医師が紹介した。

「カール君だね」

牧師は手を差し伸べて握手を求めた。火傷の痕《あと》のある手を痛々しげに見詰め、両手のあいだに挟んだ。

「もう心配することはない。私のところには君と同じ境遇の少年が何人もいる。みんないい子だ。すぐに友達になれる」
彼はそれから医師に症状の具合を聞き、退院の予定を確認した。

バドが迎えに来た日、街はクリスマスの支度でにぎやいでいた。ツリーを引きずりながら凍った道を歩く人、両手に白い息を吹きかけて家路を急ぐ人、あわただしく車が駆け抜け、教会の鐘が鳴らされた。その中でひときわ騒いでいる集団がカールの注意を引いた。彼らは路上を駆け回り、飛び跳ねたりした。

けれどもそれはクリスマスを祝う叫びではなく、不満を抱いた若者が破壊と略奪行為をしている騒ぎだった。ショー・ウィンドウに投石し、あわてふためいた人たちの見ている前で店に押し入って、あっと言う間に品物をかかえて飛び出してきた。

警官がやってきて発砲した。若者たちは逃げ回り、夕闇に溶け込むようにして消え去った。

牧師が、そちらを見てはいけないと言ってカールの頭を抱いた。

地下鉄を利用してバッテリー・パークへ行き、そこからフェリー乗り場へ向かった。

イースト・リバーとハドソン川の流れが合わさった表面は、都会から出た悲しみを奏でているように濁り、唸っていた。

カールは人混みに揉まれながら船に乗った。

スタッテン島とマンハッタンを結ぶフェリーは、労働者の足となっていた。船内は広く、数百人の労働者を運ぶことができ、肌の黒い者も、そうでない者も、男も女も若者も老人も皆、移民のような集まりとなってここから乗る。

乗客は広々とした船内に散らばって腰を降ろした。バドは、一階の真ん中の席を選んだ。

カールは外の景色を眺めたかった。落ち着かない様子で首を回しているカールに気がついて、バドは、

「迷子にならんようにな。この船は広いから」と言った。カールはお尻を椅子からずらすと、駆け足で窓際に行った。船内にはエンジンの低いうなり声が響いていた。カールは、両親と暮らした街を目に収めたかった。

マンハッタンは、窓ガラスの片隅にひっそりとその姿をちらつかせていた。母親のモニカが、マイケルが、そしてみんながいた街。通りで背中を丸めている浮浪者、夜通しの酔っぱらいの雄叫び、霜の降りたアスファルトを駆け抜けるポンコツ自動車やポリバケツの転がった歩道、ゴミ箱を漁《あさ》っている野良猫、そしてアパートの部屋。父親のマイケルが、よく不満をこぼした感度の悪いテレビ。

船が進むにつれてマンハッタンの姿は窓から見えなくなった。カールは船尾の方へ移動し、故

郷に思いを馳せた。何かが遠ざかっていく。大切なものがかけ離れていく切なさを感じた。

船はしばらくすると左に傾いて、方向を変えた。かき揚げられた飛沫は扇状に広がって後方に散った。

カールは水面を見詰めた。暗く沈んだ気持ちに耐えられなくなり、涙を落とした。

しばらくすると、右手に光るものが現れてきて、窓側にいる他の少年たちの顔色が変わった。

彼らはうっとりとその光景を目にした。

巨大な像が闇に姿を現したとき、カールもまたその美しさに心を奪われた。自由の女神像は、天空にそびえ立ち、燦然《さんぜん》と輝き、水面に光を反射させていた。

「さ、そろそろ着く頃だ」

バドが後ろに立っていた。彼はカールの肩に手をそっと置いた。

3

スタッテン島はマンハッタン島と違い、摩天楼もなければ、きらびやかな明かりも喧噪もない、落ち着いた街だった。バドの教会は、細い道を上った丘の上に建っていた。その横に黒くたたずんでいる煉瓦造りの建物の窓には明かりが灯り、騒がしい声がもれていた。バドは手を伸ばして、その建物がこれから仲間と過ごす家だと言った。

「ちょうどいい時間だ。すぐに夕飯だ。お腹が空いたろ」

薄暗い庭の辺りに数人の少年が集まっていた。彼らの影は離れたりくっついたりしていた。カールにはそれが喧嘩をしている姿だということがわかった。二人の足音に気がつくと、その影は離れ、そして家の中に消えた。

バドがドアを開けると、

「あたしには手に負えないよ。まったくこの有り様を見ておくれ！」

太った黒人女性が言った。バドは廊下を歩き、部屋に入ると教壇の前まで行き、周りを見渡した。それから、棒を手にして教壇を叩いた。すると、水を打ったように静かになった。雑巾を投げようとした女の子はその手を止めて目を丸くし、とっ組み合いをしていた少年は、そのままの格好で顔を前に向けた。

バドは一人ひとりを睨みつけた。それから、カールを呼んだ。

「今日から君たちの仲間になるカール・シモンズ君だ。年は七才、君たちよりも年少だから面倒を見るように。カール君は頬に火傷を負っている。けれどもそれは彼が好んでしたことではない。仲間だということを忘れないように」

神父は歓迎の拍手を求めて手を打ち合わせた。すると彼らもそれに合わせて拍手をし、それから口笛を吹いた。再び棒が教壇に打ちつけられた。

「静かに！　さて、それでは今日から彼の面倒は、いちばん年長のビル、君に任せる」

その日の食事はスープにパン、それにフライドチキンにサラダだった。カールは、好奇の眼差しを周りから受けているので固くなった。女の子たちはクスクス笑い、少年たちは仲間と連れだって挨拶をしに来た。

けれどもカールは、代わる代わる目の前に来る顔と名前を覚えることができなかった。早くここから抜け出して一人になりたいと思った。

食事後、カールは神父のところへ連れていかれた。

バドは古い執務机から腰を上げると、ビルを下がらせて部屋の中にカールを招き入れた。ソファの皮は擦り切れ、肘掛けの漆《うるし》は剥げていた。

「さてと、ここに日課表と生活必需品がある」

バドは紙袋に入った服を取り出した。

「君には少し大きすぎるかもしれないが、すぐにぴったりのサイズになる。パンツには、ルイーズが名前を縫っておいてくれたから間違うことはないだろう。はじめて見るものばかりで今日は疲れたかもしれないが、早くみんなと仲良くなれるように自分から努力することだ。ビルはどうだい？　なかなかいい奴だ。彼もまたみんなと同じように両親がいない。けれどもひねくれていない。ビルを見習ってよく勉強することだ」

神父はそれから、

「大きくなったら何になりたい？」と聞いた。カールは答えることができなかった。

「夢を持つことだ。何でもいい。夢のない人間は魅力がない。夢に向かって努力しない人間は苦しみを経験しない代わりに喜びも得ない。わかるね。さぁ、お休み。起床時間はそこに書いてあるように六時半だ。字は読めるね？」

カールが頷くとバドは部屋に戻ってもいいと告げた。

寝室は二階だった。二段ベッドが壁際に三つ、そして真ん中に二つ並べられていた。窓には観音開きのガラス扉がはめられ、白いカーテンが垂れていた。

アパートの部屋よりも広く、また清潔であったが、使われているベッドにはシーツが丸められ、脱いだ服が散らばっていた。

まだ誰も戻っていなかった。

ベッドにもぐり込むとカールは眠ってしまった。ときおり窓ガラスが風に揺れて音をたてた。一人、また一人と戻ってくる度にドアを開け閉めする音がし、ベッドが軋んだ。

夜中に喧嘩がはじまった。それはすぐに終わって、負けた者の泣く声が残った。

しばらくして廊下で鐘が鳴らされているのを耳にして、何が起きたのだろう、とカールは思った。部屋の中は薄暗く寒かった。扉が開き、バドが、

「グッド・モーニング。元気な声で挨拶をしよう。グッド・モーニング」

扉の前に立って言った。

「おはようございます。神父さん」

少年たちは眠そうに瞼を擦りながら言った。

「グッド・モーニング。可愛い小鳥たち」

バドは両手を広げて応えた。

少年たちは廊下に出ると、教会へ向かって歩いた。壁にもたれ掛かってそこで眠ろうとする者がいた。カールは集団の後ろについていった。教会の入り口までの通路がいちばん寒かった。林の中は薄い靄《もや》に包まれていた。

朝のミサには近所の住人が参加していた。冷たい椅子に腰掛け、バドが読み上げる聖書の朗読を聞いた。

隣に座っている少年は両手を合わせて額にくっつけ、願い事をしているように見えたが眠っていた。

カールも真似をした。

それから全員で声を合わせて歌った。

ミサが終わったとき、渡り廊下は朝の光を受けて眩しく輝き、林の中にかかっていた霧は、地面に降りてしっとりと石畳を濡らしていた。俯き加減に歩きながらカールは朝食の匂いが漂っていることに気づき、空腹を覚えた。教室に戻ると、すでに列ができていて、ルイーズが大きな釜からスープを一人ひとりに注いでいた。彼女は、

「ほらほら、ちゃんと目を開けて。こぼしちゃうじゃないか」

「シャツがはみ出てるよ。ボニー」

「なんて頭をしているんだ、あんたは。ベッドから落ちなかったかね？」

「ケビン、またミサで寝ていたね。おデコに跡がついているよ」

「あんたは涎《よだれ》を垂らしていたね。どうせ、ベッドはベタベタだろうよ。黴《かび》が生えてきたらちゃんと言うんだよ」

「残すんじゃないよ。いいかい、人参は栄養たっぷりだからね。お馬さんのように速く走りたいと思ったら残さずに食べることだよ」

絶えず口を動かした。カールは自分の番が来たらどのように言われるのだろうと心配になった。ミサで寝ていたからおデコに跡がついているかもしれない。そのことを冷やかされたらどうしよう？　カールは緊張した。

「ガーゼがとれそうになっているね。後で直してあげるから来なさい」

彼女はニコリと微笑んだ。そして次の者に、

「鼻くそがたまっているよ。いいかい、椅子の下に擦りつけるんじゃなくて、ちゃんとトイレの紙でかんで捨てるのよ」と注意した。

けれども、眠りから覚めていない少年たちの耳には入っていなかった。注意してもこぼす者はこぼしたし、鼻をほじくって椅子の下に擦りつける者はそうした。

朝食が済むとビルたちは学校に行き、カールたちはバドの授業を受けた。

一週間が過ぎた頃には頬のガーゼも取れ、生活に慣れてきた。

バドは子供たちに本を読ませておいて、しばしば居眠りをした。そのようなとき、彼らは教室を抜け出した。

はじめのうち、カールは仲間に入ることができなかった。バドに見つかったら怒られる、と思って席にいた。けれども目を覚ましたバドは腹をたてる様子もなく、教室を見回してから窓辺へ寄り、外の光景を眺めて鐘を振るだけだった。

バドの忙しい生活には、精神に安らかな時間が必要なようだった。

教壇でうなだれて首を縦に振りはじめるとき、バドは神父ではなく、一人の老人になる。

夢の中に古い友人が登場する。バドは車から降りて帽子を取って手を振り、友人は畑の中に立っている。声をかけるわけでもなく、友人は畑仕事に戻り、バドは埃を舞い上げて車を走らせる。

目が覚めると、バドは窓辺に立ち、バスケットをして遊んでいる子供たちの無邪気な姿を眩しそうに眺める。

カールたちは毎日、二時間ずつ工作の時間を持った。

それは封筒作りや、プラスチック製品の組立などで、彼らがここから出ていくときの援助資金の一部として積み立てられた。が、それも時にはその月の運用資金に回されることがあった。バドが市に懇願しても補助金の額は上がらなかったからだ。

カールは授業中、みんなと同じように庭に出てバスケットをした。幼いわりに強引なプレーに仲間が腹をたて、二つ年上のアルバートとつかみ合いになった。背丈では頭一つ分、アルバートの方が上なのに力では互角だった。負けず嫌いなカールは引っ張られると、その手をはたき、相手が殴ろうとすると、すかさず頭をよけてかわした。目はすばしっこい動物のように相手の動きを見詰め、手はいつでも殴ることができるように握られていた。周りの者は、カールの服を掴んで取り押さえた。

カールが地面にひれ伏すとみんなが折り重なって上になった。女の子たちが窓から叫び、ようやく目を覚ましたバドが、駆け足で庭に飛び出し、上に乗っている少年の背中を掴んで離した。

その日、カールたちはバドからたっぷり説教を聞かされ、食事の時間を遅らせられた。

喧嘩の原因がカールとアルバートにあることを知ると、神父は年上のアルバートを注意した。アルバートは、すみませんと謝り、カールは神父から促されて、喧嘩をしないことを誓わされた。

ビルはハイ・スクールから戻ってくると、机の上に座って、

「おい、ちび、元気でやっていたか?」とカールに聞いた。

カールが頷くと、ビルは街で見かけた面白い出来事を少年たちに話した。

「いかれていたぜ。満員電車の中でストッキングを頭にかぶってエルビスの監獄ロックを口ずさんでいるんだ。胸ははだけてスカートは超ミニだ。ラリっていたぜ」

「ラリって?」

「馬鹿だな」

もう一人の少年が、

「マリファナだよ」と言った。

「金払ってもあんな奴とはごめんだ。きっと病気持ちだ」

カールは、ハワードがアルバートを従えて出ていくのを見て、何か良くないことが起きるのではないか、と不安になった。アルバートが自分のことをハワードに告げ、ハワードから仕返しを受けるのではないか、と思った。ビルのところに戻るとき、カールは、ローラの足を踏んだ。

「痛い、どこ見て歩いているのよ」

ローラが注意したが、カールは無視した。すると袖口を捕らえて、

「ちょっと、こっちに来なさい」

ローラはカールを教室の端に引っ張った。

「あんた、もう少し大人しくしたらどうなの？」

彼女は喧嘩の原因を知っていた。

「あんたが悪いのよ」

カールは、

「アルバートが悪いんだ」と反論した。

「あんたよ。ちゃんと見ていたんだから」

ローラはそう言って窓の外に目をやった。メアリが、

「いいわ。私がビルに言うから」と口を挟んだ。

「駄目よ。神父さんに言わなきゃ」

「私たちの問題だもの」

「カール、あんたはいちばんちびだってことをよく肝に命じておくのね」

カールが去るとローラはメアリに、

「あの火傷、どうにかならないかしら？　気持ち悪いったらありゃしない」と愚痴をこぼした。

カールがビルのそばに戻ったとき、外から戻ってきたアルバートが涙を拭いて小走りに教室を横切った。カールは何が起きたのか見当がつかなかった。

ある日、ビルがカールを浴室に連れていった。ビルは服を脱ぐと、

「いいか、朝起きたら顔を洗う。わかるか?」とカールに言った。

カールは頷いた。

「夕飯が終わったらシャワーを浴びる」

「毎日?」とカールは聞き返した。

「そうだ、毎日だ。バドが水を使うのがもったいないから使うな、と言うまでだ。わかったか?」

ビルの褐色の肌は引き締まっていた。ビルはシャワーを出したまま、

「いいか、ジャブはこうやって前に出す。足を開いて、そうだ。左足を前に出して、肩はまっすぐだ。出して見ろ」

カールは言われた通りに拳を前に突き出した。

「もっと速くだ。ジャブ、ジャブ、そして」

ビルの右手が雨のように落ちてくる水滴の中からすっとカールの頭上に伸びた。

「これが右ストレートだ。相手の顎を狙って打つ」

カールはまっすぐ伸びた腕を見上げた。

「いいか、喧嘩には使うな。そのために教えたんじゃない」

そう言ってシャワーを止めた。

「知っていたの?」

「メアリから聞いた」

カールは自慢したくなった。けれどもビルは、受けつけなかった。

「喧嘩はよくない。いいか、俺たちはいつかここを出る。喧嘩をして食っていける奴はいない。決められたルールの中で生きていくんだ」

「どうしてもしなくてはいけなかったら?」

「相手に殴らせるか、逃げるかだ。俺たちはすでにスタートから十字架を背負っている。黒人という点もそうだし両親がいないという点でもそうだ。周りが差別してくれるからグレはじめたらどこまでも落ちる。ここを出て捕まった奴もいる。バドを脅迫する奴もいる。グレるのは簡単だ」

その日、ビルから聞いた話は寝るときになってもカールの頭の中をよぎった。

次の日、カールはさっそく石鹸とタオルを持ってビルのところに行った。けれども相手にしてもらえず、一人で行くように言われた。カールはジャブと右ストレートの打ち方をもっと教えてもらいたかった。

ある日、カールはバスケットをしていると突然、顔にボールを投げつけられた。パスするつもりで投げたのではなく、明らかに狙ったものだった。

カールは鼻血を出した。その場にうずくまって投げつけたブレイクを睨み返した。彼がこちらに駆けてくると足にタックルし、上にのって組み伏せた。すると用意してましたとばかりにブレイクが下から拳で突き上げた。

ブレイクはカールの上になった。アルバートよりは力があり、俊敏だった。

「お前が悪いんだ。お前が」

ブレイクは吐き捨てるように言った。

カールは悔しかった。ボールを当てられた鼻が焼けるように熱かった。鼻血が手に飛び散っていた。洗うために部屋に戻り、鼻血が止まるまでベッドに横になって休んだ。バドが振る鐘の音が聞こえたが、授業には出なかった。

そんな喧嘩は毎日といっていいぐらいにあった。そのうちにカールはボールを顔に受けないようになった。走りながら、いつボールが悪意を持って飛んでくるかに注意を払い、反射神経を養った。

いつものようにブレイクが取ろうとしたボールをカットすると、

「お前の顔には蛭《ひる》がついている。蛭がついているぜ」とブレイクは言った。カールは足を止めた。

その日の夜、ベッドに入るとカールは何度かドアの閉まる音を耳にした。そして、何かが飛んできて顔に当たった。枕だった。暗闇の中にブレイクが立っていた。

次の日曜日、教会で礼拝をした後、上級生のビルたちを入れてカールたちはバスケットをした。

カールは、いつものように走ることができなかった。ブレイクを怒らせないように控えめにボールを追いかけた。ビルが、

「どうしたんだ？　気分でも悪いのか？」と心配した。目立って俊敏だったカールはそれから運動神経の鈍い少年になった。ある夜、ブレイクがベッドのそばにきて、

「ごめん」と謝った。が、カールはその後もバスケットに興味を持つことができなかった。カールは仲間と遊ぶ時間が少なくなった。

ある日、授業中にブレイクが呼ばれて教室から出ていった。

少年たちのあいだに噂話が囁《ささや》かれた。ブレイクのおばさんという人が現れ、彼はここから出ていく、ということだった。カールはもしかしたら、ここを去りたくないのかもしれない、と思った。

カールは両親のことを思い出した。

『いつか僕もブレイクのようになるのだろうか？』

ブレイクが去った後には空いたベッドが一つ残った。

夜、みんなが寝静まってからカールは窓辺によって自分が住んでいたニューヨークの裏街を思い出した。両手で押し上げようとしても動かなかった窓、その下でくりひろげられた酔っぱらいたちの雄叫び、隣の部屋から聞こえる言い争いの声。

ここにはニューヨークの裏街の喧騒はなかった。

窓ガラスの向こうには林が広がり、教会の建物が右に見えている。カールはその教会の石段に二つの人影を見た。しばらくすると、俯いていた男が顔を上げ、睨み合う格好で二つの影は距離を縮めた。

喧嘩がはじまるのではないかと思った。

しかし、何もはじまらなかった。やがて一つの影がその場から離れた。窓から漏れる光に顔が一瞬引きつったように見えた。それはハワードだった。

教会のところに目を戻すと、影は二つになっていた。新しく加わった影は女性のようだった。その二つの姿は教会の裏へ消えていった。

ブレイクが去った後のはじめての土曜日、カールはビルに連れられて街に出かけた。ビルは前もって神父に許可を得ていた。

カールはフェリーに乗ると手すりによりかかって風を受けた。

「どこへ行くの?」

カールが聞いた。

「行けばわかる」

ビルはもの静かに答えた。フェリーがバッテリー・パークに着くと、ビルは地下鉄の入り口へ向かった。カールはビルに、

「お腹、減らない? 僕たちの分、残しておいてくれるかな?」と聞いた。

ビルは返事をしなかった。しばらくして乗り換えの駅に着き、ビルはカールの手を引いて降りた。

そこはタイムズ・スクエアだった。乗り降りの頻繁な駅で、ギターをかかえた白人シンガーが唄を歌っていた。カールたちは地下鉄を乗り換えて二つ目で降りた。

地上に出ると、乾いた埃っぽい風が吹き、車がライトを光らせて渋滞していた。歩道には黒い人だかりができてタバコの火を光らせていた。

「お腹が減ったよ」とカールが言うと、ビルは怒ったような目を向けてから明かりを点けたドーナッツ屋に行き、

「一つくれ」と言った。

カールは砂糖のついた指を綺麗に舐めてからビルに、

「食べないの？」と聞いた。ビルは答えなかった。

薄汚い木製の頑丈な扉の前に立ち止まると、

「ここだ」と言った。そして、狭い通路を下りていった。壁にはグローブをはめた男たちの写真が画鋲で止められ、試合の日程が記されていた。

ビルが重い扉を押すと、照明で照らされたリングが見え、客席からヤジが飛んでいた。

ビルは周りを見渡して席を見つけると、カールの手を引いた。

「おい、見えねえぞ」と後ろの男が言ったがビルは無視した。

「ビル」

一人の黒人が袖を引いた。

「来たんだね？」

「ああ」

「この次がうちの選手だ」

「見させてもらうよ」

その男は鼻が曲がっていた。瞼が腫れ、その上に何本もの傷跡があった。ビルは彼をベンと呼んだ。

ラウンド終了のゴングが鳴ると、レフリーは選手のあいだに入って試合を止めた。コーナーに戻った二人は、椅子に腰を下ろすと肩で息をした。

カールは、はじめて見る試合の雰囲気に興味をそそられた。

ビルとベンは試合中、声を落として話していた。

開始のゴングが鳴ると、コーナーに座っていた二人の選手は、ゆっくり立ち上がった。観客が早く打ち合えと声を荒くする。

一人が身を屈めて、相手の動きを窺いながら左に回った。ジャブを出したが、離れていて当たらなかった。観客はブーイングを鳴らした。コーナーに控えているセコンド陣が、唾を飛ばして指示を出した。いちばん興奮しているのは彼らだった。

「左だ、左を出せ」

「もっと足を使え、足を」

「ボディだ、ボディを狙え」

「離れろ!」

右のボディブローを受けた選手は体を曲げて防御の姿勢を取った。

「そこだ、右を出せ、右だ」

「離れろ、何してるんだ!」

ボディを打たれて足が止まった選手は、抱きついて離れなかった。レフリーがあいだに入ると、コーナーをちらりと腫れた目で窺った。

レフリーが、棒立ちになった選手の目の前でカウントを数えはじめた。ダウンもしていないのに両手を構えないボクサーに観客は罵声を浴びせた。

レフリーはＴＫＯの判定を下した。

客席から物がリングに投げられ、騒然とした様相を呈した。負けた選手はうなだれてロープを跨《また》いでリングから下り、勝った選手は両手を高々と上げて観客の声援に応えた。

カールは興奮していた。ベンがビルに、「要するに勝ち方だよ」と言った。

「力の差ははじめからあった。そういう相手と組ませている。若い選手は上り調子だから勢いをつけるために弱い選手と当たらせるようになっている。勝って当たり前だ。だが、今のような試合をしていると、そのうちに負ける。綺麗に勝つことができないから相手のペースに引きずり込まれる。しだいに弱い選手と互角に闘うようになる。次はうちの選手が出る。スパイクって奴だ。一度、練習を見たから知っているだろうが、いいものを持っている」

「どうしてあんたは彼の世話をしないんだ？」とビルはベンに聞いた。

「奴はいかれている。何度言っても俺の言うことを聞かない。素質を伸ばそうと思ったら、もっと練習をしなくてはいけない。俺は先が見えている奴と一緒になって自分の時間を無駄にしたくない」

そう言ってベンは黄色い歯を見せた。

ビルは、リングに立ったスパイクを見詰めた。褐色の肌には無駄がなく、獣のように獰猛で、俊敏な気配が滲み出ていた。

レフリーが両者を中央に集め、ローブローとエルボーと後頭部へのパンチは反則だと、ルールの説明をした。

スパイクの相手は同じ体重だとは思えないほど体が大きかった。ボクシングに賭けているというより、トラックの運転手か工事現場の労働の傍らにグローブをはめているという感じだった。

カールはビルとベンの話を聞いていなかったので、強いのは体の大きい方だと思った。

二人はいったんコーナーに戻ると、おのおのマウスピースを口に入れ、ゴングを待った。レフリーが合図すると同時に、スパイクはすばやい動きで中央まで進み、挑みかかろうとする相手の懐にもぐり込んだ。下からアッパーを突き上げ、後ろに下がった顔面にワン・ツーを目に見えない速さで打ち、ガードが甘くなったところにフックを入れた。大男はリングに大の字になった。

観客が立ち上がって、

「馬鹿やろー！　立て、立ち上がれ」と叫んだ。ビルはリングを睨み続けた。レフリーのテンカウントが場内に響くと観客は再び物を投げて鬱憤《うっぷん》をはらした。ベンが立ち上がって、

「出ようか？」と言った。

外はとっぷりと暮れ、街の明かりがひときわ鮮やかに灯っていた。ベンは、「何か食べていくか？」と誘いをかけたがビルは断った。

「気持ちの整理がついたら、いつでも来ておくれ」とベンは微笑んだ。

帰りのフェリーに乗ると、ビルは暗い水面に映った光をじっと見詰めた。

教会に帰ると教室の電気は消えていた。ビルが、何かないかと厨房を探した。入り口に人が立ち、

「ビル」と呼んだ。暗がりの中からメアリが現れた。

「これ、残しておいたの。食べて」

ビルは包みを受け取るとカールに、

「食べよう」と言って、机の上に広げた。

「試合、どうだった？」

「まあまあだ」

「ベンに会ったのね」

「ああ」

「私、あの人、好きじゃない。あの人の笑いってどこか人をみくびっているところがある。たい

した人間じゃないのに。あまり近づかないで」

「ああ」

ビルは、メアリにもう寝るように言って、カールに、

「今日はどうだった？」と聞いた。

「おもしろかった」

「じゃ、また連れていってやる」

「ジムに入るの？」

「わからない。ボクシングはいいスポーツだが、環境がよくない。今日の連中を見ただろ。みんな、ボクシングしか道がない。それなのに勝つことができない。ベンの顔を見たかい？　鼻はへし折られて傷だらけだ。あんなふうにはなりたくない」

「でも勝つ人もいる」

「ああ、だが彼らも負ける。打ち合うことしか知らない黒人が勝てなくなったら道端で物乞いをするだけだ。さ、寝るぞ」

ビルは立ち上がった。カールはビルの言ったことがよくわからなかった。

翌日、バドは二時間目の授業をしなかった。何か用事ができたらしくルイーズが来て、

「静かにしていないとお昼抜きだよ」と釘を差して出ていった。

あいにくの雨だったので少年たちは外で遊ぶことができずに、物を投げ合ったりして騒いだ。後ろの方ではレスリングの真似をしてふざける者がいた。虐《いじ》められているのはアルバートだった。今にも泣き出しそうに顔を歪めていた。みんながはやし立てる中、一人が、おい、泣かせたらやばいぞ、と注意した。

「ハワードが仕返しをしに来る」

技をかけている男は顔を上げて、

「ハワードも虐めているじゃないか?」と言った。

「俺たちはハワード様の代わりにかわいがっているんだ」

少年は真剣な顔をして、

「おい、みんな、来いよ。ちょっと」と教室の隅に仲間を集めた。

「お前たち、口、固いだろうな。誰にも言わないことを約束しろ」と確認した。

「絶対に誰にも喋っちゃいけねぇぜ」

「もったいぶらないで早く言えよ」

「アルバートとハワードはできているんだ」

少年たちは口を開けたまま一瞬しんとした。彼はもう一度、一語一語区切って言った。

「できているんだよ。夜、俺が小便に行ったら、二人で変なことをしていた」

一人の少年が驚いて声を発すると、彼はその口を塞いだ。

「バカ、何、大声出しているんだ？　わかってしまうじゃないか」

そのとき、今度は別の方角から一人の少年がサイレンのような泣き声を出した。アルバートだった。彼は教室から走り出ていった。

「おい、お前が声を出すからいけないんだぞ。どうするんだ？」

少年は怒った。けれども、みんなはその先を聞きたがった。

「いいか、俺は、ねぼけ眼だったけど、はっきり見た。ハワードの手がアルバートのズボンの中に入っていた。とても怖かった。ハワードは耳を噛んだ。信じられないような光景だった」

「本当か？　でも、ハワードはメアリを口説いていたじゃないか？」

一人が疑問を投げかけると、少年は、

「バカだな、違うよ。それは見せかけのものだ」と言った。

「だけど俺は、この目で見た。夜、ビルがハワードを呼び出してメアリにちょっかい出さないように注意したのを」

質問した少年は食い下がった。

「いいかい、それはたぶん、教会のところに呼び出したときだろう。あれはメアリとのことで呼び出したんじゃない。メアリがビルに頼んだんだ。頼まれたビルは、ハワードがアルバートにいたずらをするのを止めさせようとしたんだ」

驚きに満ちた目で聞いている少年たちの胸にそれが本当なら、とんでもない秘密を知ってしまったという不安が広がった。

「もし、ハワードにばれたら」

「だからはじめに言っただろ、なのに……」とその少年のおでこを指で押した。

「アルバートを呼んで、君のことを話していたんじゃない、と言おう」

「もう遅いよ」

「じゃ、どうすればいい？」

少年たちは静かになった。

「カール。相談があるんだ」

カールが彼らのところに行くと、

「アルバートに謝ってくれ」と頼まれた。

「何を謝るんだ？」

カールが聞くと、少年たちは互いの顔を見合わせてから、はじめにこの秘密を話した少年が、

「プロレスごっこをして虐めて悪かったと謝ってくれ」と言った。

アルバートを探すために外に出ると、雨は土砂降りになって地面を打ちつけていた。教会にいるかもしれないと思い、壁づたいに歩いていくと、ちょうど神父の部屋の中が見えた。バドの部屋には来客がいて、ソファに座った婦人が背中を向けていた。バドはとても険しい顔をしていた。

カールはバドの部屋の外から教会の方へ歩いた。

教会の扉を開けると、しんと静まり返っていた。雨の音も聞こえず、厳かな空気だけが張り詰めていた。

カールは、アルバートの名前を呼んだ。声は聖堂の中に響き渡った。カールは前まで歩き、十字架上のイエスを見上げた。頭を垂れて磔《はりつけ》にされている姿は、悲しみに満ちているように思われた。カールは膝をついて両手を握りしめた。

「心を痛めているアルバートのためにやすらぎを」

外に出ると、雨は相変わらず寮の壁を叩いて、石畳の上を流れていた。カールは駆けながら、ちらりと神父の部屋に目を向けた。

面会者の姿はなかった。神父だけが一人部屋の中に立ち、何か物思いに耽っていた。カールは教室に戻ると、

「見つからなかった」と少年たちに報告した。

「ベッドで泣いている。どこを探してきたんだ？　アルバートは許してくれたよ」

カールは二階に上がった。部屋をノックして入ると、アルバートのベッドだけ膨らんでいた。そばに近寄ると、険しい表情をのぞかせた。

「バドがもうすぐ戻ってくるよ。アルバート」

「ほっといてくれ。みんなで俺をからかっている。もう戻りたくない。もう二度とあいつらとなんか話をするものか」

カールはビルに相談しようと決めて部屋から出た。階段を下りていくとバドが上ってきた。バドは顔を曇らせて考え込んでいた。立ち止まると、

「さあ、みんなのところに戻ろう」と言ってカールの背中に手を当てた。

カールの胸にアルバートの問題が消えて、ふと先ほどの状況が蘇り、それがとても重要なことのように思われてきた。カールはバドの顔を見上げて、

「誰が来たの？」と聞いた。

「市の職員だ」

「何の用事？」

「補助金のことだ」

「どうして僕たちの両親は呼びにきてくれないの？」

「君たちに両親はいない。だからここにいるんだ。さぁ、そんな顔をみんなに見られたらからかわれてしまう。元気を出しなさい」

カールは居ても立ってもいられなくなり、今にもバドから離れて駆け出したくなった。

教室に戻るとみんなはカールを見た。椅子に座ると、

「どうしたんだ？　バドに怒られたのか？」と一人がそばに来た。

「さっき、バドがお前を探していたぞ。悪いことをしたんじゃないのか？」

カールは、

「何もしていない」と答えた。

「じゃ、アルバートのことか？　お前には関係なかったのに。アルバートは、バドにお前に虐められたと言ったのか？」

少年たちはカールに同情した。

カールは窓の外を見詰め、バドの部屋で見た訪問者の後ろ姿を思い出した。

夜、ベッドに入ってからもカールはそのときの情景を思い出し、考え続けた。神父の部屋にいたのは母親のモニカではなかったのか？

『しかし、そうだったとすると、どうして僕に会わずに帰ったのか？』

真夜中、部屋の中を動く影があった。その人影は寝ている少年の胸元を掴んだ。

「おい、お前は何をしたんだ？」

低いすごみのある声だった。

「起きろ。今日、お前は何を言った？」

ひとしきり説教すると、その影は次の者を起こすために移動した。カールのところにも来た。

やはりハワードだった。パジャマの胸元を掴み、

「おい、起きろ。アルバートに何を言った？」と揺すった。

「何も」

「嘘をつくな。さぁ何を言ったか言ってみろ」

「何も」

ハワードは力を入れて襟元を絞めた。

「今度、同じことをしてみろ、ただでは済まないぞ」

カールはベッドに押しつけられた。そのうちにしくしく泣く声が漏れはじめた。ハワードは、

「うるせえ」と言うと、ベッドに近づいて殴りつけた。少年は泣きやんだ。

けれども他の場所で、すすり泣く声は続いた。ハワードはそちらの方を振り返ったが、怒鳴ろうとはしなかった。それはアルバートのベッドだった。

朝、バドが部屋に来て、

「グッド・モーニング、可愛い小鳥たち」と鐘を鳴らしたが、誰一人として起きなかった。バドはカーテンを開け、一人ひとりのそばに近寄って耳元で鐘を振った。目を閉じたまま首を回す少年たちは、顔を歪めて何事が起きたのだろうと考え、それから朝だということがわかると、瞼を擦ってベッドから起き上がった。

カールは小声で、

「おはようございます。神父さん」と言ってからベッドにうつ伏した。バドは、

「起きなさい。カール」と鐘を鳴らした。カールは顔を上げて、

「起きています。神父さん」と答えた。

「私の顔が見えますか？」

カールが頷くとバドは、

「嘘をついてはいけません。瞼が閉じています」と諭すように言い、鐘を振った。その音は耳の中に蜜蜂が入って暴れているように不快な響きをたてた。カールは顔をしかめた。他の少年たち

はその隙にベッドに倒れ込んで眠りはじめた。バドは顔を真っ赤にすると、ドアを荒々しく閉めて出ていった。

それからしばらくしてルイーズがボール紙を丸めて作った拡声器を持って、戸口に現れた。

ベッドの上に突然雷が落ちたように少年たちは飛び上がった。


朝のミサのあいだ、少年たちは朗読を聞きながらうつらうつらとした。ミサが終わり、朝の光が差す通路を歩いて食堂に来ると、ルイーズがいつものように待ちかまえていた。

「ほらほら、どっちを向いているの。お皿を見なさい、お皿を」

「あんたは黄味だけ残すから、今日はスクランブル・エッグにしたよ。全部食べるんだよ」

「目を開けてごらん。目ヤニがいっぱいで開けられないでしょう。食べたらちゃんと顔を洗うんだよ」

カールは、自分に何を言われたのかわからなかった。前の者なのか、その後なのか、席に着いてフォークを持つと、隣の者が牛乳をこぼしたが、気がついた様子もなく、俯いて食べていた。

授業中、バドよりも早く何人かは居眠りをはじめた。バドは、教科書で頭を叩きながら回った。そして椅子に座ると、彼もまた居眠りをはじめた。

窓から差す日差しに温もりが感じられるようになり、林は新しい芽を加えて呼吸していた。

午後になると、カールたちは元気を取り戻した。休み時間にはバスケットをして遊んだ。アルバートは、窓辺から仲間を見詰め、それから椅子に座って眠りはじめた。

午後からバドは、市の福祉課に行って補助金の申請をした。いかに自分たちの施設が社会に必要であるか、そして少年たちの育成のために現状では満足な教育ができないことを訴えた。両親のいない子供たちの生活を報告し、社会生活に必要な技術を修得する機会を与えなければ社会の改善にならないと訴えた。けれども成果は得られなかった。バドは企業を訪れることにした。

窓口に立つ者の中には、あからさまに黒人は働かない、といった偏見を持つ者がいた。

その日、バドは帰りぎわに地下鉄の中を走って逃げる黒人を見た。街角でたむろしている職のないグループも見た。バドは敵意に満ちた目を認める度にその奥にひそむ悲しみを感じた。仲間に入れてもらおうとして、はじかれた疎外感がそこにはあった。

カールたちは、バドがそのような努力をしているとは知らずに、街に女を買いにいった、と噂をし合った。古めかしい帽子とネクタイという姿は、からかうにはぴったりだった。

夕食どき、ハワードは、じっと考え込んで俯いていた。ビルは、陽気にカールたちの相手をしていた。

「今日、バドがネクタイをしめて出ていったんだ」とカールは報告した。

「バドにも春が来たんだ」

「あんな爺さんにも?」

「バドはまだ立派な男だ。目が血走っていなかったかい?」

「そういえば」

「今度、外出するときには、みんなで応援歌でも作ってやるんだ」

「バドには賛美歌の方が似合っているよ」

「じゃ、女を誉めたたえる唄を作ってやるんだ」

「行進曲の方がいいよ」

ハワードは立ち上がるとアルバートを呼んで、出ていった。

カールは昨晩のことを話そうと思ったが止めた。他の者もそのことは避けていた。

一人あくびをして、また一人とあくびをしはじめた。しだいに瞼が重くなり、話も沈みがちになった。カールは部屋に戻ると、ベッドにもぐり込んだ。

ハワードがやってくる。また今晩もハワードが……。

夜中に扉が開く音がした。黒い影が近づいてきた。ハワードだ。また首を締めにくる。なんて残忍な奴だ。カールは、ハワードが他の者を懲らしめはじめたら隙を見て、ビルを呼びに行こうと思った。

それにはなるべくハワードと自分との距離が離れているときでなくてはいけない。

外は風が強く、ときおり、窓ガラスが鳴り、建物全体が呻いているように軋んだ。

足音はベッドの脇を過ぎていった。これから誰かを起こすのだろう。おい、と太い声を出して。カールはハワードの注意が他に向けられるのを待った。けれども声は聞こえず、ただベッドの軋む音だけがした。

カールは顔を出して周りを見た。立っている影はなかった。一人寝返りを打つ者がいた。それはアルバートのベッドだった。再び風が出てきたのか、窓ガラスが音をたて、カーテンがひるがえった。

さっきの影は、もしかしたらアルバートだったのかもしれない。夜中にハワードに呼ばれてトイレに行ったのだ。仲間がばらしたように今日も変なことをしてきたのだ。

その光景を想像するだけでカールは背筋がぞっとした。

アルバートもハワードに触られることを望んでいるのだろうか？　それとも、無理やりなのだろうか？　もしそうならアルバートが可哀想だ。

カールはアルバートのベッドのスプリングが小刻みに軋んでいる音を聞いた。暗闇の中で目を凝らすと、背中を向けた姿が微かに震えているような気がした。壁時計を見ると十二時を五分ほど過ぎていた。

明日、ビルに言って止めさせるようにしなくてはいけない。

カールはハワードを憎んだ。

夢の中でカールはトイレにいた。そこにハワードがアルバートを連れて来てアルバートに服を脱げ、と命令した。

「パンツもだ」

カールは気づかれないようにトイレから出ようとしたが、ハワードに見つかった。アルバートは泣き出しそうな顔を向けた。

「追え、アルバート」

ハワードが命令すると、アルバートの崩れた顔は見る見る怒った顔に変わり、目が光った。

カールは逃げた。廊下が傾き、船に乗っているように揺れる。カールは壁にぶつかって転げ回った。廊下はさらに傾斜をきつくした。カールは四つん這いになって上ろうとして前に手をついた。と、急に廊下は水平に戻った。アルバートが四つ足で追い駆けてくる。

「逃がすんじゃないぞ。アルバート」

廊下を部屋の前まで行ってドアの取っ手をカールは握りしめた。中に入ればみんながいる。アルバートも追っては来ないだろう。カールはドアを閉めて背中で押さえつけた。アルバートがドアに当たって、開けろ、といわんばかりに引っかき出すのがわかった。

しかし、部屋の中にいる仲間は、いつもの彼らと違っていた。催眠術をかけられたように目を閉じたまま、手を伸ばして近づいてきた。

「外にハワードがいるんだ」とカールは叫んだ。

「知っている」と一人が答えた。

「カールをハワード様に与えなくては。ハワード様が怒らないうちに」

「何を言っているんだ？」

カールは伸びてくる手を払ってはよけ、部屋の中を這いずったが、しだいにそんな手は、何十本にもなり、髪の毛を掴まれ、腕を捕えられ、足をかつがれた。

「止めてくれ！」とカールは叫んだ。

「僕を外に出さないで！」

夢から覚めたとき、びっしょり背中に汗をかいていた。窓の外は明るく、小鳥がすでに鳴いていた。

みんなはまだ寝ていた。けれども起きる時間は過ぎていた。窓の下に人がいるらしく、話し声と歩く音が低く響いていた。それは聞き慣れない声だった。

神父が階段を上ってくる気配はなかった。外はあわただしいのに部屋の中はいつまでも静かだった。

カールはベッドから起き上がった。外の様子を確かめるために窓のところに近寄った。下にはパトカーが三台止まっていて、制服を着た男たちが散らばっていた。救急車が教会の入り口に後部の扉を開けて止まっていた。カメラのフラッシュがたかれ、壁ぎわの辺りが眩しく浮き上がった。

カールは足が震えてきた。ビルが、教会の隅で目を開けたまま倒れていた。頭から頬に赤黒い筋がついていた。カールは動くことができなかった。

しばらくしてから、ようやく重い足を引きずるようにして下に行くと出口のところにルイーズがいて、カールを抱き止めた。

ルイーズは瞼を腫らしていた。メアリはうずくまって両手で顔を覆っていた。バドは警官と話していた。

「お祈りをするのよ。ビルのために」とルイーズはカールに言った。ビルが倒れている教会の横は、人だかりで遮られていた。しばらくして現場検証が済み、ビルの体は白いシーツに覆われて、担架に乗せられた。

「さぁ、ビルにお別れのお祈りを捧げるのよ」

ルイーズがうながした。メアリは地面に崩れ落ちた。車が動き出すとメアリはルイーズに抱き

かかえられて立ち上がった。彼女の足はもつれていた。バドが近くに来て、

「カール」と肩を抱いた。

「ビルのために祈りを捧げよう。私たちにできるのは、それだけだ」

そこに刑事が歩み寄ってきて、お悔やみの言葉を述べてから、これから事情を聞きたい、と言った。バドはきつく睨みすえると、

「もう調べは済んだのではないか。わしらに聞くことは何もないはずだ」と険しい顔を向けた。

「これから署に同行してもらえませんか？」

バドは背中を向けたまま歩き出した。

「わしには子供たちがいる。今、ここを離れたら誰が子供たちの気持ちを鎮めることができる？」

「それでは、後日、近いうちにということで」

刑事の口調に急ぐ様子はなかった。争った形跡はなく、凶器は死体のそばに転がっていた石だった。それは人の頭の半分ほどの大きさで、後頭部を一撃してあった。刑事はこの教会に彼と同じ体格の者がいれば、事情聴取をかけるつもりでいた。

教会に子供たちを集め、バドは、

「神に祈りなさい。わが同胞が安らかな眠りに就きますように」と祈りを捧げた。

厳かにルイーズの弾くオルガンの音色が響き渡った。彼女は鍵盤から指を離すと、顔を両手で覆った。子供たちはバドが読み上げる聖書の一節を朗読した。

「ハワードに決まっているじゃないか」

一人の少年が囁いた。

「俺もそう思う」

「誰だって？」

「ハワードだよ」

神父はゆっくりその子供たちのところに歩むと、「立ちなさい」と言った。三人は頭を垂れて立ち上がった。そのとき、端にいたハワードが床に倒れ、口から泡を吹いた。神父が抱き起こして、ルイーズに水を持ってくるように言った。

ハワードは、神父にかつがれて二階に運ばれていくとき、

「ぼ、僕じゃない。わ、わかってくれる？　ねえ、し、神父さん？」と回らない舌で無実を訴えた。

「誰がそんなことを言った？」

「みんな、みんながそう言っている」

「馬鹿なことを言うものではない。いいか、ここは教会だ。ここの中の者には誰にも疑いをかけさせん」

ハワードは、すがりつく眼差しで神父を見詰めた。

ビルの葬式はつつましやかに教会の子供たちと近所の人たちで執り行われた。

バドは珍しく眼鏡をかけていた。バドの声は風に流されて聞こえなかった。祈りは厳かに穴の中に横たわる棺に捧げられた。土を一人ひとり、シャベルでかけていき、それが終わると人夫が二人、競争をするように速いテンポで大きな塊をすくって落とした。刑事たちは帽子をとってうなだれていた。が、目はしっかり、この場所にいる人たちに注がれていた。彼らはすでに少年たちの履歴を洗っていた。

軽犯罪で補導されたものは五人いた。

ハワードの前科は窃盗と傷害だった。被害者は彼より年下の少年で夜中に公園で暴行を受けていた。他の四人は仲間と罪を犯したのに対して彼は単独犯だった。

刑事たちは葬儀のあいだ中、ときおり気まずい視線を周りに投げるハワードの挙動に興味を抱いた。

神父が聖書を閉じると、刑事たちは会釈して帰った。

警察は物的証拠を掴んでいなかった。重要参考人としてハワードに事情調取を求めたが、彼の健康状態を理由にして神父は延期を請願した。

事件当日、警官はベッドのシーツからゲタ箱の中、ロッカー、洗濯物、所持品に至るまで虱潰《しらみ》しに手がかりがないか嗅ぎ回った。もし内部の犯行であればシーツが血で汚れていたり、土がベッドのどこかについていたり、所持品の中に疑わしい物があるはずだと狙いをつけたのだが、手がかりを得ることはできなかった。

実際、血のついたシーツはなかったし、取り立てて汚れている靴もなかった。ルイーズはバドから、何か目についた物はあったかね、と聞かれたとき、

「いいえ、何も」と、答えた。

しかしルイーズは、集めてきたシーツを手にして洗濯機に放り込んだとき、おや、と首をかしげる汚れを目にしていた。血ではなかったが、汚れた手で握りしめたように指の跡がついていた。それは誰のシーツだったかわからなかった。

一方、バドは警察が来る前にステンドグラスの修理のために教会の壁に立てかけてあった梯子をしまった。神父は社会の法律を無視した。

墓地からの帰りぎわ、刑事たちはもう一度、殺害のあった教会の周りに注意深い視線を送っ

た。

「被害者のビルは石段の横に倒れていた。もし、犯人がその上に立って石を振り落としたのなら、それほど上背がなくてもできる」

「しかし、五キロもの石となると、腕力がなければ一撃で殺すことはできない」

「やはり、ハワードですかね？」

「まだわからない」

刑事たちは、事件後に際だって様子が変わった人間を探した。今日見た限りでは、ハワードだった。

二人の刑事は車のところまで歩いた。

「これからどうします？」

「目撃者を捜すんだ」

「事件当日の夜、教会に来た人はいません」

「近隣の聞き込みをもう一度するんだ。夜でなくてもいい。昼でも不審な者を見た者がいないか調べるんだ。それから子供たちにも当たるんだ」

「あの神父が許しますかね」

「何年、この仕事をしているんだ？」

彼は聞き返すまでもなく意味を呑みこんだ。

「子供たちは何かを知っている。それを聞き出すんだ」


ケビンは頭の回転の速い、ずる賢い少年だった。窃盗で三回補導されていた。年はカールより二つ上で、いちばん最初にハワードとアルバートの関係を知って情報を流した少年だった。

「今日もいたぜ。張り込みってやつかもしれない。メアリが学校から戻ってくるところを狙って何か聞き出そうとした。近所の連中にも当たっている」

それから彼は声を落とし、

「もし聞かれたらどう言う？」と、聞いた。

「どう言うって？」

「犯人が誰かってことだろ、刑事が聞いてくるのは？」

ハワードが立ち上がると、ケビンたちは首をすくめて、

「声がでかいよ」とオスカーを注意した。でっぷりと太ったオスカーは、言い訳をはじめたが、ハワードが近づいてきたので口を閉じた。

そのとき、ローラが立ち上がった。ローラはハワードの方に歩いた。カールは目を伏せているメアリを見た。ローラは落ち込んでいるメアリの気持ちを汲んで、ハワードにあることを確かめ

ようとしていた。

怒りに満ちたハワードの視線が、ローラに向いてから足元に落ちた。ローラはハワードに、

「ちょっと来てよ」と言って連れ出した。

ケビンは胸をなで下ろしてから、またひそひそと内緒話をはじめた。

その姿をアルバートが心配そうな目つきで見ていた。


その後、一人の男が尋ねてきた。顔には無数の傷を持ち、鼻が曲がっていた。彼は、カールがビルに連れていかれてボクシングの試合を見に行ったときに会ったベンだった。しばらく入り口で神父と立ち話をし、それから墓地の方に下りていった。

カールは窓から外に飛び下りると、ベンを追い駆けた。墓標を読みながらベンはビルの墓を探していた。カールが追いついて、場所を教えると分厚い唇のあいだから汚れた歯を見せて、

「ありがとう」と言い、

「このあいだの子かな?」と質問した。

カールはビルのことを少しでも知りたいと思い、

「いつからビルはボクシングをしていたの?」と聞いた。

「正式にやっていたとはいえない。いい素質を持っていた。俺は彼に賭けてみようと思った」

ベンは墓の前に膝をつくと、両手を合わせた。

墓地からの帰り道、ベンは紙切れに住所を書いてカールに渡した。


その日、神父はハワードを部屋に呼んだ。

ケビンたちは、ハワードに真相を聞くために呼んだのだ、と噂した。

しばらくして神父の部屋から戻ってきたハワードは、部屋の隅に立ち、アルバートを冷たい視線で見詰めた。それからゆっくり歩いて、アルバートの前に行き、周りに聞こえない声で何か問い詰めた。そのうちにアルバートの目から涙がこぼれ、見かねたローラがあいだに入った。ハワードの顔がさらに怒りで震え、

「うるせえ、引っ込んでろ！」と怒鳴りつけた。

「弱い者虐めはしないで！」

「弱い者虐め？」

ハワードの顔が引きつり、それから笑い出した。

「俺がいつ弱い者虐めをした？　何も知らないのにいい加減なことを言うと承知しないぞ」

「だってそうじゃない。ビルには逆らえなかった癖にいなくなると……」

ローラは口を閉ざしてから控えめに、

「卑怯よ。何があったか知らないけれど、今のあなたは少しおかしい」と責めた。

「俺が？　へへ、俺がおかしい。はは、そう、おかしいよ。俺でさえ、頭が変になってしまう。お前らは何を言いたいんだ？」

ハワードは彼女を睨みつけた。

「私は何も言っていないわ」

「嘘だ」

ハワードは机を飛び越え、

「お前も、そしてお前も。お前らは、俺に何を言いたいんだ？　はっきり言え！」と絡んだ。そのとき、神父が教室に現れ、

「ハワード、席に戻りなさい」と睨みすえた。彼は、

「偽善者のお出ましかよ」と唾を吐き、

「仲間を裏切るお話を聞きたいもんだぜ」と開き直った。

「勘違いをしているようだ。話は後で聞く」

「後で？　いつものあんたの手だ。事あるごとに祈りなさい、だ。が、祈って救われるのなら困る人間はいない。今ここでどうしたらいいか、言ったらどうだ？」

机の上に腰を下ろして睨みつけた。バドは歩み寄ると、平手打ちをした。ハワードの目から光

るものがこぼれ落ちた。

「俺はあんたを信用しない」

ハワードは唇を噛み締めると、教室から出ていった。神父は、周りの者に、

「目を閉じて胸に手を当てなさい」と指示した。そして、罪のない者に疑いをかけることは恥ずべき行為だと説明した。

その日、ハワードは飛び出したまま夜になっても戻ってこなかった。バドの部屋の明かりは朝まで点いていた。

警察は数人の少年から証言を得、いよいよハワードを重要参考人として連行するときを迎えた。

まだ夜が開けきらぬうちにパトカーが教会の前に止まった。

刑事たちは神父の部屋でルイーズがいれたコーヒーを飲みながらハワードの帰りを待った。

「逃げたんじゃありませんか?」

一人が上司に囁くと、

「戻ってくるさ」

上司の刑事は落ち着いて答え、神父に子供たちを預かるような教会の運営について、月並みな会話をした。バドは、今日はこのまま帰ってもらえないか、とお願いした。

「もうすぐ子供たちは起きてくる。このような場を見せたくはない」

「同感ですな」

刑事は窓の外に視線を移した。白みはじめた空は暗く、どんよりとしていた。そのとき、小道の向こうに黒い影が現れて静止した。刑事は視線を戻すと、

「もうしばらく待たせてもらってよろしいでしょうか?」とバドの方を窺った。そして、

「我々はすべて、わきまえています」と言った。

「しかし、してはならない過ちというものがあります」

「それはそうです」

刑事は穏やかな声で返した。バドは、

「我々は罪を犯した者を救うために説いています。裁くためではありません。わかりますか?」

と言った。

「ええ、しかし罪を犯した者には『救い』と同程度に『償い』が必要です。そうした社会的な面は、教会にはないのですか?」

「我々は愛し合うことによって罪を認め、償います。つまり『償い』は『愛し合うこと』であり、そうした行為のもとに『救い』があるのです」

「残念ながら我々の職業倫理にはありませんね。もし『愛』によって罪が償われるのなら、社会

に『牢獄』は必要ないでしょう。おそらく神父さんは、『教会』が『牢獄』の代わりを務める、と主張されるかもしれませんが、『教会』といえども社会の『法律』には従ってもらわなくては困ります」

窓の外に立った影は、近づいてきた。俯いたまま立ち止まり、パトカーの方を睨み、そしてバドの部屋を見詰めた。

神父は立ち上がると、苦虫を噛み潰したような表情をして、

「もう少し時間を頂けませんか?」と苛立たしげに言った。

「あなた方がしようとしていることは受け入れることができません。無実の者に罪をかぶせている。これは許されないことです」と続けた。

刑事は、

「私たちは彼が犯人だと言っているわけではありません。参考人として事情を聞きに来ただけです。そこのところを認めてください」

だが、神父は、

「彼は今、冷静な状態ではありません。あなた方の疑いによって疲れ果てている。今、彼がたとえ何か喋ったとしてもそれは事実ではありません。このような状態にしたのはあなたたちだと思います」と抗議した。

「彼に説明する機会を与えてはどうでしょうか?」

「けれどもあなたたちはそうしたことをするつもりで来たのではないでしょう」

「勘違いなさらないでください。神父さん。私どもは合衆国憲法に基づいて行動しています」

そのとき、ハワードがドアを開けた。

「ハワード?」

神父の口から驚きの声が漏れた。

「俺はあんたを決して忘れない。俺を陥れたな」

「何を言っている? 私は何も……」

「黙れ、このおいぼれじじい、俺たちの働いた金を盗み、自分はぬくぬくとしやがって。もう、ここはおさらばだ」

ハワードは怒りで足が震えていた。


近隣の住人は、犯人が裁判で確定されたわけでもないのに特別な目で教会を見るようになった。不良少年が生活しているところが、教会だと言わんばかりの評判だった。

バドは、頻繁にハワードに面会を求め、弁護士と相談した。

裁判は、うまくいけば事件を振り出しに戻すところまでこぎつけることができた。しかし、ハワードはバドを裏切った。自分がビルを殺した、と証言した。

バドが疲れ果てて戻ってくると、ルイーズがエプロンで目頭を拭ってとんでもないことが起きた、と伝えた。

「どうしたのだ？」

「テレビを見てください」

オープンカーに乗ったケネディ大統領の頭が一瞬にして砕かれた日だった。

4

鶴嘴を持って肺が真っ黒になるまで働かされるという噂は、嘘ではなかったが、製鉄の燃料が石炭から石油に代わった今、ピッツバーグは「煙の街」から「過去の街」に変わりつつあった。製鉄は、もっと広い土地と安い労働力のある西部や南部、そして輸送に便利な五大湖周辺に移った。

ケネディが六二年に鉄鋼値上げをはねのけると、彼らの生活はさらに苦しくなった。マイケルは暗殺のニュースを聞いても動揺しなかった。ケネディは彼らにとって重要な存在ではなかった。

組合員のマイケルは賃上げ要求の旗を持って工場を閉鎖した。

しかし工場主は湖岸のゲーリーに新しい工場を建築したので打撃には至らなかった。資本家はすでに労働者に見切りをつけていた。マイケルは荷物をまとめると貯めた小金をポケットに突っ込んで、車を走らせた。

ハンドルを握りしめ、暗闇を照らす二本のヘッドライトの光芒を見詰めながら過去を振り返った。

モニカにもう一度会い、カールをこの胸に抱きしめたいと思った。

彼は今まで問いかけもしなかった疑問を矢継ぎ早に発した。

『どうして俺はかけがえのない家族を捨て、飛び出してしまったのだ?』

『ここで生活したようにただの男になればよかったのではないか?』

マイケルに残されたのは、家族を守る義務だけだった。すれ違うタンクローリーのヘッドライトを睨みつけて、マイケルは彼を迷わせたすべてのものを呪った。

モニカがまだ一人であれば、マイケルは許しを乞い、どのようなことでもして償うと誓った。

『カールはずいぶん大きくなっているだろう。子供の三年は見違えるほどの成長をさせるものだ。まだ俺を覚えているだろうか?　いや、忘れるはずがない。何といっても三年なのだから。もし俺のことを恨んでいたら?』

マイケルはカールにも愛情を注ぐつもりでいた。彼はアクセルをふかした。猛スピードで車は過去の場所へと向かった。

モニカはカールを残してアパートを出てすぐに以前の演劇仲間のジョアンナのところに身を寄せた。

けれどもジョアンナにはボーイフレンドがいた。アパートは二人の場所だったのでモニカはそこに長く滞在することはできなかった。

モニカはウェイトレスの仕事を見つけ、しばらくはお金を貯めることにした。

グリニッジビレッジに安いアパートを見つけて引っ越し、夜間の演劇学校に通い、望んでいた生活をスタートさせた。彼女の頭から古い生活の記憶は薄れていった。

ビレッジには、使われていない倉庫があばら屋のように取り残されていた。彼女は共同で借りて演劇の練習に励んだ。

朝、起きるとジョギングをし、パン屋で早朝のアルバイトをしてから学校に通った。夜はウェイトレスの仕事をして、それから倉庫で仲間と落ち合って練習した。寝る時間は四時間ぐらいしかなかった。それでも生活は充実していた。

一年はあっと言う間に過ぎ、モニカは頭角を現した。

稽古中の彼女の体には、神秘的な力があった。彼女の中に存在するのは自我を捨て去った媒体だけで、演じようとする役柄がその体を使っていた。次のオフ・ブロードウェイの主役は彼女だという噂が流れ、彼女もそのつもりでいた。

モニカはそのためにもっと多くのプロの芝居を見なくてはいけない、と思い劇場に足を運ぶことにした。

ブロードウェイの劇場には有名人がやってきた。入り口に高価なベンツが止まり、そこからふっくらとした毛皮に身を包んだ女優が俳優にエスコートされて周囲の視線を集めた。

当日の芝居の内容は社会風刺劇だった。その中で妻が夫に、あなたは自分のことしか考えていない、というくだりが、忘れていたものを呼び覚ました。

『俺はお前のことを考えている。考えてそうしてきたんだ』

『それが自分勝手なのよ。私に教えてくれた？　一言私にそうなのか、とあなたは聞いてくれた？』

『俺にどうしろ、というのだ？』

『昔に戻って。以前のあなたに』

学生時代に恋をして夫婦になった二人が、政治家と貧しい人たちのために働くボランティアという互いの仕事を通して、知らず知らずのうちに敵同士になってしまった姿を描いたものだが、モニカは、マイケルを思い出してしまった。

『昔に戻って。以前のあなたに……』という台詞《せりふ》は、耳の中で鳴り続いた。

彼女は過去に戻らなければいけない、と居ても立ってもいられなくなった。

芝居が終わるとモニカは先に帰ることをジョアンナに告げた。

「ええ、でも一緒に食事をする約束では？」

「ごめんなさい。気分がすぐれないの」

モニカは地下鉄に乗った。頭の中にさまざまな光景が蘇った。若かりし頃のマイケルの姿、サックスを肌身離さず持ち歩き、カフェテラスで食事をしたこと、夜道を寄り添うようにして歩いたこと。カールが生まれ、三人でいることがとても幸福に感じられた日々。そこには満ち足りた生活があった。

はじめてカールが歩いたとき、マイケルは拳を握りしめて喜びを表した。カールを抱き止めたときの肌のうぶな匂い。ふっくらとした頬。両手を頭の上にあげて泣くその泣き顔。

電車が停止するとモニカは見慣れたホームに降りたった。

駅のベンチで年老いた黒人が眠っていた。ヒスパニック系の少年が目を光らせ、ジャンパーのポケットに両手を突っ込んでいる。

モニカは階段を上った。地上に出ると、街灯の明かりと、通りを走る車のライトが鈍い光りを放った。彼女はアパートのある通りに入った。あと少し歩いたら自分たちが生活した部屋が見える。彼女は足を止め、ゆっくりと顔をあげた。彼女の目には熱いものが滲んだ。

窓が真っ暗だった。よく見るとそれは蔽《おお》いをした板だった。予想もしなかった外観にモニカは呆然とした。

引っ越したのだろうか？

モニカは階段を上った。部屋の前まで来たとき、彼女の足は止まった。ドアにはひびが入り、上には煤が這った跡があった。鍵はかかっていたが、割れていたので手を入れて中から錠を開けることができた。

家具はなかった。下に燃え残りの木片が散らばり、踏みしめる度にみしりみしりと音がした。まるで何十年もほったらかしにした屋根裏部屋のような有り様だった。冷蔵庫は部屋の隅に黒い影となって残っていた。その上のオーブンは錆びつき、形だけをとどめていた。

「誰かいるのかい？」

部屋の入り口から声がした。

モニカは振り返った。

「あんたかい？　もしかして？」

隣の住人だった。

「気の毒なことをしたね。息子さんは今、どうしているか知らないけれど、かなりの火傷を負ったんだよ。だけどあんたも今頃現れるなんて、いったいどこにいたんだい？」

モニカが黙っていると、

「大家はかんかんに怒っている。姿を隠しておいた方がいいね。損害賠償金を請求されるよ」

「どこの病院だかわかりますか？」

モニカは病院の名前を聞くと、彼女に礼を言い、「すみませんでした」と謝った。

「何があったか知らないけれど、あんたもご主人もいないだろ。病院の方でも困っていたよ」


モニカは外に出ると、駆け足で地下鉄の駅まで行き、電車に乗った。そして駅からはタクシーを拾って、その病院にたどり着いた。夜間窓口に行くと、当直の看護婦はモニカを見詰め、

「面会時間はとっくに過ぎています。明日、来てください」と冷淡に言った。

「少しでいいですから、あの一つだけ教えてもらいたいのです」

「明日ならいいですけれど……」

「急いでいるのです！」

モニカは声を大きくした。看護婦はただならぬ雰囲気に整理していたカルテから目を離し、

「急患ですか？」と聞いた。

「はい。私の息子がここにいたか知りたいのです」

「息子？」

「ええ、そうです」

「名前は？」

「カール、カール・シモンズ」

「カールね、……そんな名前、ないわね」

「一年前なんです」

モニカが真剣な顔をして言うと看護婦は呆れ返り、そして気が触れているのではないかと疑いの目を投げた。

「一年前？　一年前のことを聞いているの？」

「七つぐらいの男の子で、火事で火傷をしてここに運ばれてきたと聞いたんです」

「知っているよ。あんた、母親？」

モニカが頷くと、看護婦は部屋の奥に行って書類を取り出し、一枚の紙にペンを走らせた。

「ここに行けば会えるよ。でも今まで何をしていたの？」

モニカはそれには答えず、礼だけ述べて病院から去った。


翌日、彼女は勤務先で朝のパンを焼き終わると、雨の中をフェリーに乗った。

複雑な心境だった。

ハドソン川の水面を打つ雨は、うねりを抱いた流れに吸い込まれていた。暗い雲が空を覆い、船は波に揺られながら前進した。

もしかしたら会わない方がいいのかもしれない。

船室にこもる雨の音を聞きながら彼女は思った。仮にカールが変わっていなくても自分が変わってしまった。今の生活を捨て去る勇気はない。

フェリーが桟橋に着いたとき、雨は土砂降りに変わっていた。このまま引き返そうかと思ったが、衝動的な気持ちに衝き動かされて彼女は道を上った。

モニカが教会の周りを歩き、会うかどうしようか迷っていると、ゴミを出すために出てきたルイーズと出会った。ルイーズは、

「何か?」と尋ねた。モニカは思いきって、

「ここにカールという少年はいますか?」と聞いた。

「カールならいるけど。あなたは?」

「……知り合いです」

ルイーズは、モニカの態度に訳があると認め、

「それなら神父さんに会った方がよい」と勧めた。

そのとき一人の少年が泣き面をして出てきた。モニカはハッと胸が高鳴るのを覚えた。けれどもそれはカールではなかった。

アルバートはモニカを認めると、泣き顔をそむけて教室に駆け戻った。ルイーズが呼びに来たのでモニカは案内されるまま、重い足どりでバドの部屋に向かった。

一方、バドは、

「どうぞ」とソファを勧めてから難しげな顔をして、

「カールに会いに来たそうですが、要件は何でしょうか?」と切り出した。

「彼に会わせてもらいたいのです。一目だけでいいです」

「それはよろしいですが、しかしまたどうして? あなたは彼の血縁者ですか?」

モニカが返事に窮していると、バドは、

「いいですか? ここにいる子供たちは、身寄りのない者ばかりです。仮にあなたが母親であれば、ここから彼を連れ出す義務があります。もしそうでないのなら、申し訳ございませんがお引き取り願えますか?」

モニカは顔をあげてバドを見詰め、

「母親でないのなら会ってもよろしいのですか?」と尋ねた。

バドはモニカの目を見詰めながら、

「それではここに住所とお名前を書いてください」と言った。モニカはペンを取り上げてしばらく考えた。そしてジョアンナの名前と住所を書いた。ペンを置くと、

「何か身分を証明するものをお持ちですか？」

バドは穏やかに尋ねた。

「どうしてですか？」

「いや、深い意味はありません。ただ簡単な確認のためにです」

「今、持っていないのですが……」

「それでは今度お持ちになってもらえますか？　申し訳ありませんが面会もそのときということになりますが……」

「今、会わせてもらいたいのです」

「それはできません」

「なぜですか？　住所も名前も書いたではありませんか」

「ルールですので」

バドはこのようなケースを前にも経験していた。母親たちは自分勝手だった。会いに来ても子供を置いていく。様子を見に来ただけで済むと思っている母親が、いかにその子供の精神に打撃を与えるかを考えていない。バドはそのことがわからない女性に腹をたてていた。母親たちは、面会が自分の権利だといわんばかりの様子だが、大きな間違いを犯している。

「今度、来るときはいいですか、気持ちの整理をして来てください」

バドはドアの方を目で示した。モニカは今にも喉から言葉が出かかった。そのとき、カールがアルバートを探しに外に出てきた。

カールは、雨を避けるために建物に沿って歩いた。カールがバドの部屋を見たとき、モニカは背中を向けていた。

「彼は素直な良い少年です。そのことだけは私が保証します」

バドが言うと、モニカは肩を落とした。

モニカが外に出ると、神父は部屋の窓から外を厳しい目つきで見詰めた。雨はモニカの肩をびしょ濡れにした。ハイヒールが石にひっかかり、転びそうになった。足首を抑えて顔をしかめてうずくまり、モニカは涙を流した。

フェリーに乗って椅子に座ると、冷えた体が震えだした。両手で体を抱きしめて止めようとすればするほど震えはひどくなった。母親としての資格がないことを他人から指摘された苛立ちが募り、そうではないという母性本能が心の中を支配した。カールは私の子供だ、この腹を痛めた子供だと訴えた。

気持ちが悪くなると化粧室に行って吐いた。すべての思いが体の機能をおかしくしていた。昨日までの思いがこのような結末を導こうとは想像さえしなかった。

モニカはその日、練習を休み、一日中ベッドでうつ伏した。

マイケルがピッツバーグからニューヨークの以前のアパートに戻ると、職人が部屋の修理をしていた。

「ちょっと聞きたいのだが、ここにいた住人はどうしたのかな?」と話しかけた。

作業をしていた男はマイケルの方に顔を向け、

「そんなこと俺たちの知ったことじゃない。俺たちはリフォームを頼まれただけだ」とつっけんどんに答えた。

「いつから仕事をしている?」

「さぁ、頭が悪いもんで、いつからだったかな? おい、いつからだ?」とその男は相棒に聞いた。

「一昨日からじゃねぇか」

マイケルは壁紙や、外された窓枠に触れて記憶を辿った。

ここにテレビが置いてあり、この辺りにテーブルがあった。朝帰りのときはソファで居眠りした。カールのベッドがあの辺り、モニカはこちらのソファで本を読む。

「おい、俺たちの邪魔をするつもりなら人を呼ぶぜ」

窓のカーテンは取り払われ、むき出しになった縦長の空間から焼け焦げた外壁の煉瓦が見えた。マイケルの顔から血の気が引いた。

「燃えたのか？」

「さあ、知らねえ。知り合いが住んでいたのか？」

「ああ」

「じゃ、あきらめるんだな。ここはもう何年も空き家だったと聞いている」


マイケルは部屋を出ると、ホセのところに向かった。婦人がカウンターの中で材料を仕込んでいる最中だった。ホセの妻は、

「まだ開店前だよ」と無愛想に言った。

「ホセはいるかい？」

「いないね。あんたは誰だい？」

ホセの妻はちらりと警戒する目を向けた。

「ちょっと聞きたいことがある」

「何だい、道ならおまわりに聞きな。それともここに呼んできてあげようか？」

「俺の息子のことを知りたい？」

「今、何て言った？」

あきれかえった顔をしてホセの妻は聞き返した。

「俺の息子だ」

ホセの妻はまじまじとマイケルの顔を眺めてから、

「あんたかい?」と眉間に皺を寄せた。

「火事があったんだよ。知らなかったのかい?」

声の質を変えた。

「いつのことだ?」

「あんたが出ていってすぐだよ。大騒ぎだったんだ。誰もいなくて。息子さんは病院に入院したはずだよ。命はとりとめたらしいが、それからのことは誰も知らない」

「どこの病院か、わからないか?」

「知らないね」

「母親はいなかったのか?」

「あんた、本当に何も知らないのかい? 隣の部屋の住人が、あんたの息子を助けたんだ。彼女に聞けばわかるかもしれない。何という名前だったか覚えていないんだが、ちょっと待って。うちの人に聞けばわかるかもしれない」

彼女は奥に行ったが主人はいなかった。マイケルは待ちきれず、苛立たしげに外を歩いた。そして通りに止めてある車に乗り込むとエンジンをかけた。マイケルはルームミラーでちらりと顔を映してから通りに唾を吐いた。アクセルを踏むと、タイヤを鳴らしてエンジンの回転を上げた。

ホセの妻が奥から出てくると、マイケルの車は横滑りして反対車線へ飛び出す瞬間だった。後部が振られ、車は中央で回転した。前方から走ってきたトラックとぶつかる音が響き、車のフロントがめり込んだ。

「何てことだい！　救急車だ。救急車を呼んどくれ！」

白い煙が立ち昇り、トラックはそのまま乗用車をくわえ込んで止まった。通りから人が一人二人と出てきた。アパートの窓が押し上げられ、顔が出た。そんな窓が連鎖反応のように増えた。

トラックの運転席のドアが開くと男が体を出し、用心深く足を着いてから通りに降り、それから二、三歩、歩いて倒れた。乗用車の運転席は真っ赤に染まり、中を覗いた者は気持ちを悪くした。静かな煙が物憂げに辺りに漂っていた。

モニカは結局、主役には抜擢されなかった。彼女の演技はぎこちなくなり、役に溶け込むことができなくなった。

そんな状態をどのように克服していいかわからず、彼女は戸惑った。

朝、起きるのも辛くなった。夜になると目が冴えてしまい、思考が頭の中を支配した。カールのことを思い、今までの人生を省み、これでいいのだろうか、と自問し、もし戻ることが許されるのならすべてを投げ出してやり直したい、と反省した。

モニカは、それほど食べていたわけではないが体重が増え、顔の輪郭が丸みを帯びた。目は疲れを映し、肩は凝るようになった。

朝のジョギングも止めてしまった。

5

ビルとハワードがいなくなると教会ではメアリとローラがいちばん年上で、カールたちは、彼女たちに面倒を見てもらうことになった。メアリとローラはルイーズの手伝いをし、日曜日の掃除の時間はカールたちがやり残したところに手を入れた。少年たちは二人の姉を得たような気持ちだった。

メアリは毎朝、ビルの墓に参ることを欠かさなかった。俯いている姿は寂しそうだが、そこを離れた彼女は陽気に振る舞っていた。

ハロウィンにはメアリとローラが少年たちを着飾り、お化粧をさせて近所の家へ送り出した。この日ばかりは周り全体が明るかった。ケビンやアルバートも陽気にはしゃいで民家を訪れた。

五年が経過し、メアリとローラが寮を去る日が来た。

ローラは婦人警官になり、メアリは市の図書館に勤めることになった。

送別会の日、ローラは涙をこぼした。男の子のお尻を叩いて声を限りに怒っていた姿とはかけ離れたしおらしさだった。一方、メアリはまだビルのことを忘れてはいなかった。その日も朝、墓地に行って花を捧げた。メアリはカールのところに来ると、

「私を忘れないで」と握手を求めた。カールは、

「忘れないよ」と穏やかに答えて微笑み返した。


さらに二年が経過した。


この頃からバドは授業をしなくなった。最年少のカールがハイ・スクールに通いはじめたからだ。ビルの事件があって以来、教会は新しい孤児を受け入れていなかった。

ハイ・スクールはカールにとってはじめての外の世界だった。クラスには教室の窓ガラスを割ったり、盗みを働いたり、ルールを守らない学生がいた。

真面目な学生はそんな彼らを白い目で見ていた。

カールは自分の生活を大切にした。授業で学ぶことのできることは吸収し、クラブ活動には力

を入れた。何かがはじまる出発点だという認識が彼を衝き動かしていた。

カールはボクシング部を選んだ。脳裏にはビルに教えられたパンチの打ち方と薄暗い地下室で見た試合の光景が焼きついていた。

ある日、小児麻痺で片足の不自由なユダヤ人学生がそばにきて声をかけた。彼はカールの頬から首に張りついたケロイドを見て、仲間になれる条件が揃っていると認めたようだった。椅子に座っているカールの前でチャーリーと名乗る学生は喋り続けた。

「アルバイトをして学費を稼いでいるんだ。君もそうだろ。仕事はきつくないかい？」

カールは首を振った。

「何をしているんだい？」

「簡単な仕事さ」

「朝、トラックに乗っているのを見たよ。あれは新聞を運んでいる車かい？」

カールが帰り支度をはじめるとチャーリーは、スキップを踏むように片足を引きずって追いかけてきた。

カールは、

「つきまとうのはよしてくれ」と言った。チャーリーは立ち止まり、顔を真っ赤にした。何か弁明したいのだがどのように言っていいのかわからない様子だった。

少し可哀想になったので、カールは用事があることを告げると、チャーリーは背中を向けて離れた。カールはその後ろ姿に向かって、

「気を悪くしないでくれ。別に君が悪いと言っているんじゃないんだ」と言葉を投げた。

グランドではフットボール部員が女子生徒の視線を浴びてタックルを繰り返していた。彼らはクラブが終わるとデートをし、映画を見、食事をして家まで送っていく。カールとは世界が違った。

カールはクラブの練習で部のリーダーであるジャックの指名を受けてスパーリングをした。グローブでガードをしながら、力強いパンチを受けながら考えた。

彼らはここを出るとまともな職を得て、まともな家庭を作って、正しく子供を育てて、大人しいパパから白髪の老人になって生涯を閉じる。けれどもカールはそうした生き方を求めていなかった。

カールはロープまで追い詰められると、左に回ってリングの中央へ移動し、左ジャブをジャックの顔面に当てた。一発二発と打ち込んでもジャックは前に出た。カールは上体を反らしてパンチをかわした。しかしそのとき、不意に戻ろうとするカールの顎にジャックの左フックが炸裂した。

ダウンするとリングサイドから歓声が上がった。

リングで勝ち誇っているジャックは下にいる後輩を指して、

「次はお前だ、上がれ」と命令した。その部員は初心者と言っていいほどの技量しか持ち合わせていなかった。パンチは大振りで腰が引けていた。彼はコーナーに詰められてサンドバッグになった。カールを倒したジャックは地区予選で優勝していた。

練習が終わって下校する時間になると、

「君はもっと練習するべきだよ。カール」

同級生のアレックスが忠告した。

「しているさ」

「もっとだ。もっとしなくちゃ」

「それより体育館でバスケットをしないか?」

「バスケット?」

「そうだ。嫌いかい?」

カールとアレックスは体育館に行った。バスケット部員はすでに練習を切り上げていた。

「いいかい?」

ボールをバウンドさせながらカールは説明した。

「ルールは普通と変わらない。相手の体に触れてはいけない。君は向こう。僕はこちらのゴールを狙う」

アレックスは、

「僕がどうしてボクシング部にいるかわかるかい？」と尋ねた。

「なぜだい？」

「不器用なんだ。ドリブルして走ることができない」

「じゃ、こうしよう。君はボールを持って走っていい。それなら互角になるだろう」

人気のない体育館に床を打つボールの音が響き渡った。カールは相手の動きを観察してすばやく脇を抜けてシュートを決めた。アレックスはそのボールを拾い、抱きかかえると、闘志をむき出しにして反対側へ一目散に駆け出した。カールは、追い抜いてゴール下で待ちかまえた。アレックスがジャンプして手からボールが離れる瞬間、片手でボールを払った。

カールの脳裏に少年時代の記憶が蘇った。

『お前の顔には蛭がついている。蛭がついているんだ』

アレックスの顔がブレイクの顔と重なる。アレックスは拳を握りしめて、ボールをはじこうとジャブを出した。その足元にカールはボールを投げた。床を打ったボールは大きくバウンドしてアレックスの背後へ跳ね上がった。カールが追いついて、ドリブルをしてダンクを決めると、そのジャンプ力にアレックスは驚いた。

「バスケットに鞍替えした方がいいんじゃないか?」

「俺は一人でする方が好きなんだ」

カールはボールをアレックスに渡した。


アルバートは最近、用もないのに忙しく部屋の中をうろついたり、そうかと思うと教会で聖書を読んだり、落ち着きがなかった。来年、アルバートは寮を出るが、社会に出ていくことを恐れているように見えた。

カールはときどき、ビルの死を考えることがあった。そのことを口にすることはタブーとされていたが、ルイーズは、

「本当にあれでよかったのか私にはわからない」とカールに打ち明けた。

ルイーズは証人として証言台に立ったとき、

『あなたは事件当日、少年たちのベッドのシーツを洗濯しましたね?』という質問を受けた。

『はい。あの日はシーツの交換の日でした』

『しかし、事件当日であり、あなたは子供たちが起きてくると、教会でオルガンを弾いてビルの冥福を子供たちと祈り、それが済むと朝食の支度をし、いつもより時間に追われていたと思いますが、どうですか?』

『確かにそうでした』

『つまり、洗わなければいけない必要がなければ、しなかった状況ですね。たとえば、子供たちの食事は抜くわけにはいきませんが、シーツは一日替えるのが遅れても問題はない、ということです。しかし、あなたは洗濯をした。洗わなければいけない必要があり、あなたは何かを見たのではないですか？』

ルイーズはありのままを証言した。

『その汚れはどれくらいの大きさでしたか？』

検察官はルイーズの記憶を辿らせようとした。

『施設にいる子供たちの大半は幼い子供たちばかりですね。その握りしめたような汚れはこのくらいですか？　それとも私の手のひらぐらいの大きさでしたか？』

彼女は、消え入りそうな声で、『小さくありませんでした』と答えた。

『シーツの汚れは血のように見えましたか？　それとも土のようでしたか？』

そのように聞かれたとき、被告席にいるハワードがルイーズを睨みつけた。

「私はわからない、と答えたのよ」とルイーズはカールに訴えた。

「彼らにとって、それはどちらでもよかったのよ。血であれば、ビルの血に触れたことを裏づけ、土であれば犯行に使用した石を握りしめたために汚れがついたと捉えることができる」

「しかし、それはあくまで推測だ」とカールは言った。「裁判ではハワードが同性愛嗜好者ということも出てきた。そしてそのことでビルからハワードが注意を受けたことも。だからハワードがビルを殺害する動機ははっきりしている。だけど私には何か間違っている気がしてならない」

カールは最近になってバドから、

「あのときやり直し裁判に持ち込もうとしたが証拠が上がってしまった、弁護士からあきらめるようにという手紙がきた」ということを聞かされた。内容はハワードのズボンについていたシミから、ビルの血液と一致する鑑定結果が出たというものだった。

ルイーズもそのことは知っていた。それでも信じることができなかった。

カールはメアリの勤める図書館に行って本を漁った。その図書館は学校のすぐ近くにあった。血液鑑定には単純な血液型から血液の成分まで調べるものがあった。ハワードの場合、鑑定は後者だった。彼がビルの血に触れたという事実は疑いを挟む余地はなかった。

メアリはときどきカールを誘って、食事をした。教会のことを聞いて、思い出に耽った。カールは同伴することによって気分転換になるのならそれでもいいと思った。

あの日以来、チャーリーは話しかけてこなかった。カールは図書館で読書している彼を見つけ

ると、

「勉強家だね、チャーリー」と声をかけて隣に腰を下ろした。

「本当は君のようにボクシングをしたいんだ。だけど僕には運動神経がない。それに」

チャーリーは不自由な足に視線を落とした。

「ボクシングは誰にもできる」

「できない。ボクシングは特別さ」

「特別ではない。勝つことはできなくても、ボクシングをすることはできる。俺が勉強を一生懸命しても君に勝つことができないのと同じさ。でも努力はする」

「本当にできるかい？」

「ああ」

「今度、僕にグローブをはめさせてくれないか？」

「いいさ。土曜日ならいい。上級生がいないから」

チャーリーは約束できてうれしそうだった。カールはその代わり、と言って条件を出した。

「君も俺に教えてほしい。物理学の式の使い方がわからない。自分ではできているつもりでも答案を返されると、まったく駄目だ」

「いいとも。僕は昼休み、いつもここにいるから来て。知っていることは何でも教える」

その週の土曜日、カールは準備体操をしてから、チャーリーに基礎を教え込んだ。スタンスの取り方から構え方、はじめは左ジャブの打ち方、そして右ストレート。チャーリーは左足が不自由なので動きはぎこちなかった。左足に体重が移動すると、支えきれなくなり前のめりに倒れそうになる。スイッチして左利きの構え方をしてみるように言っても、ぎこちなさは変わらなかった。チャーリーはそれでもグローブとヘッドギヤをはめることができて満足していた。

「こうかい?」

「そうだ。その姿勢から右を出す」

チャーリーの体勢は崩れなかったが、パンチに威力はなかった。

「次は左だ」

肩を捻っていくと、体が前につんのめった。

「次は何だい? カール」

「フックだ。腕を鉤《かぎ》のように曲げて打つ」

チャーリーは目を輝かせて構えた。打ち方はつたなかったが、真剣な姿にカールは心を打たれた。身を低くして相手の動きを鋭い目で追い、蛙のように飛び跳ねてパンチを繰り出すチャーリーのスタイルは意表をついていた。まっすぐ来ると思うとフックで狙いを定めている。

けれども力の差は歴然としていた。カールはパンチがヒットする手前で止めて、チャーリーが

飛び出してくるのをかわして練習相手をした。チャーリーは力果てて攻めることができなくなった。両手をキャンバスについて、

「もう駄目だ。君は強い。やはりすごい」と肩で息をした。

「君のパンチはいいものを持っている」

「本当かい？」

「ああ。一度、まともに食らった。予測できなかった」

チャーリーはにっこり微笑んだ。

カールはチャーリーの両手を取ってリングに仰向けに寝かせて深呼吸をさせた。腕の筋肉をほぐし、上体を折り曲げて背筋を伸ばした。

「痛くないかい？　少し関節が軋んでいるよ」

「寒くなると左足だけが冷たくなるんだ。そんなときは歩くのも嫌になる。まるで棒が股から垂れているようなものだ」

「いつから？」

「物心ついたときにはこうだった。来週もいいかい？」

「ああ」

カールは答えた。

日曜日、カールは地下鉄に乗って幼い記憶を辿った。

ビルとはじめてボクシングの試合を見た場所はどこだったのだろう。

タイムズ・スクエアで乗り換えたことは覚えていても、それからどの方向に向かったのかわからなかった。唯一頼りになるのは、ベンがビルの墓参りにきたとき、紙切れに書いて渡された住所だった。それは百三十五丁目の番地が記されていた。

しかし、今では別の人が住んでいた。

カールは勘で地下鉄を乗り換えた。ブロードウェイをアップタウンへ向かう。二つ目から降りて景色を眺めて幼い日の記憶と比べてみたが、違っていた。次の駅でも同じだった。

そうしてタイムズ・スクエアへ近づきながら、ある駅に降りたとき、ここではないかという気がした。カールは通りに面した建物を注意深く見ながら足を運んだ。

駅からそれほど歩いた記憶はなかった。入り口は木の扉で、電球が上についていた。地下に下りる階段があって、狭い通路の壁にはボクサーたちの写真と試合の日程が貼ってあった。熱気に満ちたリングでは紫色の煙が中央の照明に照らされて昇っていた。

カールは次の交差点まで来ると、こんなに遠くなかったはずだと思い、戻ることにした。

ふと前方の交差点のところに明かりを灯している屋台があるのを目にして、あのとき、お腹を空かしてビルにドーナッツを買ってもらったことを思い出した。

　通りには仕事にあぶれた人間が、消火栓にもたれ掛かったり、石段に腰を下ろして通行人を冷たい眼差しで眺めていた。カールは古い煉瓦造りの建物が今にも崩れそうに建っているのを目にした。頑丈な木の扉があり、その上には、ポルノのネオンがちらついていた。カールは扉を押し、足を一歩、踏み入れた。

　あやしげな音楽が低く響き、薄暗く狭い通路にはボクサーの写真はなく、裸の女性の写真が壁を埋めていた。奥にはチケット売り場があり、小さな窓があった。

　黒人が一人立っていて、カールを凝視した。カールは、

「以前、ここでボクシングの試合を見た。今もやっているだろうか？」と聞いた。

「いつのことを言っているんだ？　ここは何年も前からそんなことはやっちゃいない」

　すると窓口の中から、

「ずいぶん前にしていたよ」と年老いた女性が顔をのぞかせた。

「十年ぐらい前の話じゃないかい？」

　そうだとカールが答えると、

「今頃来ても誰もいないよ。みんなしょっぴかれちまったからね。会いたいのなら刑務所に行くんだね。何人かはまだいるだろう」

カールは、ベンという男を知らないか、と尋ねた。鼻が曲がり、瞼に傷がある男だと説明すると、

「詐欺師《さぎ》のベンのことかい？」と年老いた女性が聞き返した。

「今、どこにいるか知りたいんだ」

「刑務所だよ」

年老いた女性は投げやりに答えた。

カールは出口へ向かいながら、ビルの判断が間違っていなかったことを知った。

『もし何かをするのであれば人を選ばなくてはいけない。ベンは信用できない。彼は自分のことばかり考えている』

もし、ビルが生きていて、あの地下室で試合をするようになっていたら問題に巻き込まれたかもしれない、とカールは思った。

カールがボクシングをはじめて一年経ったとき、クラブの顧問は次の試合に出る選手を決めるために三ラウンドの試合をさせた。

カールの相手は昨年優勝したミドル級のジャック・モリソンだった。顧問はジャックを呼ぶと、

「あまり真剣にやるな」と注意した。

ジャックはファイター型のボクサーだった。

部員の中に黒人は三人しかいなかった。アレックスとカール、新入生のオスカーだった。今日試合が組まれているのは、アレックスとカールだけだった。

一回戦でアレックスは上級生のアッパーを食らってダウンした。立ち上がったが彼の目は闘志を失っていた。そこに容赦なくパンチが浴びせられ、アレックスはロープを背にして動くことができなくなった。審判の上級生が試合を止めたが、もう少し早くてもいいと思った。

自分の番になるとカールはゆっくりリングに上がり、体をほぐした。ゴングが鳴ると、部員たちは安心しきった応援をはじめた。

「ジャック、手加減、手加減」

上体を小刻みに動かしてジャックは距離を詰めた。カールは後ろに下がり、相手の動きを警戒した。

右が飛んで来た。カールは、いつものジャックのスタイルを頭に入れて回り込んだ。ジャックのパンチは空を切り、防御に隙ができた。チャンスだ、と思ったが、カールはパンチを出さなかった。

相手に再び右を出させて、カールは左を控えめに出した。

「腰が引けてるぞ。追い駆けっこじゃねえんだからな」

部員たちはおもしろがった。ジャックの目にも同じような笑みが漏れた。リングの中央に来いとグローブで示した。カールは相手の動きを見ながら、少しずつ前に進んだ。

ジャックは後ろに下がった。カールが打って出るのを待つ姿勢だった。

ジャックはカールが打ちに出たら、距離を縮めて一気に勝負に出るつもりでいた。

カールは軽いジャブを出して左に回った。そして相手の爪先が動いた瞬間、一発目をスウェーイングでかわし、それに続く二発目のフックを軽く顎を引いてかわした。

大きくパンチが流れた後、ジャックは目を釣り上げた。カールはステップを踏んで中に入った。左を出して相手の出鼻をくじき、ぐらりと揺れると、すばやい左と右を連続で叩き込んだ。ジャックの目が一瞬、霞み、鼻は赤くなり、受けた衝撃が信じられないという顔をした。カールが離れると、今のは何かの間違いだ、これからが勝負だというようにジャックは強引な右を伸ばした。が、それはとてもゆっくり出されたようにカールの目には見えた。

ガードが下がった顎にカールの左と右が連続で伸びた。ジャックの体はリングに崩れた。

審判役の部員は目を丸くし、下の顧問を窺ってからカウントを取りはじめた。

「立ち上がれ、ジャック」

「おい、何しているんだ！」

「立て、立つんだ！」

顧問がリングに上がり、ジャックの腕を取って、

「おい、誰かタオルを濡らしてきてくれ」と言った。ジャックは腕を伸ばして顧問を振り払った。が、脳震盪を起こしており、目は別の方角を見ていた。

カールはリングから下りた。オスカーにグローブを外してくれ、と頼んだ。

「次の者は準備しろ」

顧問は部員に言った。

それから二試合行われた。回復したジャックはもう一度、カールとやらせてくれ、と顧問に頼み込んだ。

「駄目だ。今度にしろ。今日、お前は体調がよくない」

「このままじゃ、引き下がれない」

「喧嘩ではないんだぞ」

「わかっています」

「一週間後にもう一度やってみろ」

「もっと早くできませんか？」

「駄目だ」

納得のいかない顔をしてジャックは顧問から離れた。

カールはもう一試合組まれていた。その相手はジャックよりパンチ力はないが、敏捷な上級生だった。

アレックスは次も負けた。彼は首を垂れてリングから下りた。カールは、

「気にすることはない。次はもっといいパンチを打てるようになる」と元気づけた。

カールの対戦者は仇《かたき》を取るつもりらしく、リングに上がると闘志を剥き出しにした。

カールは左を出して相手に打たせる隙を与えなかった。パンチの速さはカールが上だった。

ガードを固くして後退する相手をコーナーに詰めてカールはパンチを繰り出した。

「おい、打て、何やっているんだ！」

「回り込め、離れるんだ」

カールは顔面からボディを容赦なく攻撃した。相手は膝から崩れた。審判が入ってカールはコーナーに戻された。

相手はカウント七で立ち上がった。

カールは審判の合図を待った。今度は相手に打たせて疲れを待つ作戦をとった。

カールがガードを下げると、相手はパンチを繰り出してきた。カールが後ろに下がると、

「よし、いけ！」

「そこだ。奴のボディを狙え」と声援が飛んだ。

カールはコーナーに追い詰められた。回り込むことはできたが敢えて打たせることにした。ガードを固くして防戦体勢を取り、相手の疲れを待った。カールは相手の呼吸を読み、動きのリズムを捕らえた。攻撃している瞬間の隙をついてカールは体を入れ替えた。ボディに速いパンチを乱打して離れ、またそこを狙うと見せかけて、フックをもっていった。相手の口からマウスピースが飛び出て、両手がキャンバスについた。顧問は試合を止めた。

カールが帰り仕度をしているとジャックが来て、

「必ずお前を叩きのめしてやる。調子に乗るんじゃない」と捨て台詞を吐いた。アレックスは、

「たいしたもんだよ、君は」と笑みをこぼした。

「駆け引きさ。無我夢中になって試合をすれば負ける。バスケットでもしないか？　ボクシングのことばかり考えていると、頭がおかしくなる」

カールとアレックスは体育館で一対一のバスケット・ボールをして走り回った。

三十分ほどして、カールはボールをしまい、

「さぁ、おしまいだ、帰ろう」とバッグを肩にかけた。


次の日、カールは練習を休み、チャーリーを誘って図書館に行き、メアリに会った。カールが

チャーリーを紹介するとメアリは、

「カールをよろしくね」と言った。

「仕事はうまくいっている?」

「まあまあよ」

「もうすぐ試験だから、あまり来れないようになる」

「でも試験が済んだらまた来てくれるでしょう?　バドは元気?」

「ああ、元気さ」

他の男性職員が来て、メアリに用事を言いつけてカールを不審な目で睨んだ。カールは、仕事の邪魔になるといけないので、離れることにした。チャーリーは、

「綺麗な人だね」と言い、

「君の彼女かい?」と尋ねた。

「いや」

「でも彼女はそう思っているよ」

カールは後ろを振り返った。メアリは肩を寄せつけんばかりに寄り添う男性職員から注意を受けていた。

「俺なんか相手にしないいさ。年が七つも下なんだ」

「関係ないよ」

「それより試験の山を教えてくれ」とカールは話題を変えた。

メアリはときおり、受付からカールを見ていた。

カールはチャーリーに、

「この問題はどうやって解くんだい?」と尋ねた。カールはチャーリーから二時間指導を受けた。

カールたちが帰るとき、メアリのそばには先ほどの男性職員が来ていたので、会話を交わさなかった。

夜、寮でカールが遅い夕飯をとっているとバドが来て、

「明日、メアリが来る」と言った。ビルが亡くなってから七年が経過していた。

次の日の朝、カールが洗濯物を干していると、細長い指が触れた。メアリが洗いたてのシャツの向こうから微笑んだ。

「私にやらせて」

「仕事は?」

「休みよ」

「ビルのこと、忘れていなかったんだね」

「あなたは？」

「忘れていない」

「もうすぐハワードも刑期を終えるわ。あのときのことを覚えている？　私は今でも考えるわ。本当にハワードが犯人だったのかって。ごめんなさいね。今日はそんなこと話すつもりで来たんじゃないのに。部屋の掃除は済んだのかしら？」

カールが、まだだと言うとメアリは腕をまくって、

「おばさんの掃除する姿を見たい？　あなたたちは昨日、私を年寄り扱いしたでしょう？」と言った。カールが否定すると、

「私の耳は地獄耳よ。七つも年が離れているって言ってたの、聞こえたんだから」

カールが返事に窮しているとメアリは笑った。

「もう年寄り扱いしないって誓う？」

カールは顎を引いた。

「そしていつまでも私の知っているカールでいることを」

彼女は、そばに転がっているバスケット・ボールを取り上げると、ジャンプしてシュートした。ボールが上でバウンドして落ちてくると、それをとってカールに投げた。

「シュートしてみて」

カールが試すとボールはリングを通った。メアリは、

「ここで生活していた日々が懐かしいわ」と言った。

「ここには血のつながっている人はいなかった。だけど、みんな友達だった。喜び、悲しみを分かち合っていた」

二人はそれから教会で賛美歌を歌い、聖書を読んだ。ルイーズは涙を拭い、皺の増えた顔に笑顔を浮かべてメアリを抱きしめた。

「ありがとう。来てくれて」

ルイーズは、墓地に花を手向けてから昼食の用意をするからと言って、カールとメアリを残した。

「少し、歩かない？　ごめんなさいね。昨日、試験で忙しいと聞いて来るのを止めようかと思ったんだけれど……」

カールはそのことで気まずい思いをさせたのなら自分が悪かった、と謝った。視線を落とすメアリの肩に触れ、カールは新緑に輝きはじめた樹木を眩しげに見詰めた。かすかなうずきが体の芯に滲みはじめた。

メアリは肩に添えられたカールの手に手のひらを添えた。唇と唇が合わさり、カールはひざまずきメアリを草むらに横たえた。メアリは、

「もう少し我慢して、ここではよくないわ」と諭すように言った。

カールは唇を噛みしめて目を反らした。そして、

「駄目だ」と押し殺した声で応えた。

食事中バドは、

「ルイーズの料理の腕が落ちないうちにまた子供を預かることにした」とメアリに報告した。

「この人の頭がぼけないうちによ」とルイーズは言い返した。

「何を言う。わしはまだしっかりしている」

バドはふくれた。

微笑みが三人の顔にもれた。メアリは、

「きっとうまくいくわ」と励ました。

食事が済むと、メアリは二階のカールの部屋に行き、試験勉強の手伝いをした。

「もし、私のことが嫌いになったら言って。私はあなたを愛しているけれどあなたは私に溺れてはいけない。いつも前をしっかり見ていなくてはいけない。図書館には週に一度でいいわ。それ以上は駄目」

カールは頷いた。

放課後、カールが部室に行くとミーティングの最中だった。ジャックはカールに、「遅い」と注意した。

「それではもう一度、はじめから言う。いいか、無断で練習を休んだ者はチームワークを乱した罰として特練を課す」

ジャックはカールを睨みつけ、

「なぜ、先週の金曜日、練習を休んだ?」と質問した。カールは、

「図書館で試験の準備をしていた」と答えた。ジャックは、周りを見渡し、

「いいか、試験勉強は理由にはならない。そんなことを言いはじめたら練習に来る奴はいなくなる。カール、お前は今日、特練だ」

ジャックが決めた特練の内容は、一人に対して延べ三十人が一分ずつ対戦するスパーリングだった。罰を受ける者には休憩が与えられず、部員が一分ずつリングに上がって攻撃することになる。ジャックは順番を決めた。

「いいか、手加減はするな。一分間、攻めて攻めまくれ。カールを休ませる奴がいたら今度はそいつが特練だ」

はじめの相手がロープをくぐってマウスピースをくわえると、カールは闘志を燃やした。ゴン

グが鳴ると一斉に部員たちが野次を飛ばした。カールは前に出た相手を冷静に見た。左が来た。上体を低くしてかわし、ボディに打ち込んだ。そしてワン・ツーを顔面に決めフックを入れた。

「何やってんだ！」

倒れた相手は首を振って上体を起こし、耳に入った罵声に戸惑いの表情を浮かべた。起き上がったのはいいが、足がふらついていた。カールの強烈な右に相手は再び倒れた。ゴングが打ち鳴らされると、カールはコーナーに戻りかけたが、次の対戦相手がカールの背後からパンチをふるってきた。カールは振り返り、すぐに上体を反らして逃れたが、コーナーに詰まるとパンチがガードをくぐって顎を突き上げた。カールは一つ、返した。この相手に対しては、コーナーに詰められたままゴングが鳴った。

次はジャックだった。カールはコーナーから離れようとしたが、ジャックはすでに目の前まで来ていた。重いパンチがボディを襲った。カールは体勢を入れ替えた。

一分はどうにかカールの思惑通り、決定的なダメージを受けずに済んだ。

四人目からカールの表情に疲れが現れた。カールはこのラウンドからクリンチを使った。

「審判がいるな」

ジャックが忌々しげに呟いた。ジャックはアレックスに、

「審判をやれ、クリンチはすぐに止めさせろ」と指示した。

カールは戦法を変えて相手の腕を解くと、フックを決めた。ぐらりと揺れてロープへ下がる相手を追い、左で逃げることができないように攻めたてた。顔を上下に揺らしガードを固くして身を固めた相手にカールはアッパーを突き上げた。

「次は誰だ？　いいか、ボディを攻めるんだ。足を使えないようにしろ！」

ジャックが指示を出した。

「ゴングだ、カール」

アレックスが攻めたてるカールを制止した。カールが振り返ったとき、突然、次の選手の左が無防備の顔面を捕らえた。カールは目の前に火花が散り、キャンバスに膝をついた。

「いいぞ、ディック」

「レフリー、立たせろ！」

アレックスはカウントを取るかどうするか迷った。下にいるジャックを窺うと、

「休ませるな」と指示が出た。

カールは両手をついてからゆっくり立ち上がった。アレックスは続行の指示を出した。

しかし、カールのダメージは回復していなかった。次にボディに連打を浴びせられると、四つん這いになってダウンした。

「何をやっている？　立たせろ、それとも五人でおしまいか？」

カールは両手をキャンバスから離すと、後ろの気配を気にしながら立ち上がった。攻撃をしかけようと近づく相手の動きが感じられた。

左が飛んでくる。右がすぐ続いた。カールは体を反らしてかわして相手の側頭部にパンチを当て、振り返ったところに左を当てた。が、重いパンチがボディを襲った。

「もうすぐアレックスだ。レフリーを代わってやれ」

ジャックはリングを見ながら、近くにいる部員に言った。

カールはそれから二人の部員との打ち合いに耐えた。

ゴングが鳴るとカールは、ロープをくぐって中に入るアレックスを見た。カールはパンチを容赦なくアレックスに浴びせた。アレックスはロープによりかかってダウンした。

「立て、アレックス」

カールは言った。アレックスの目から戸惑いが消え、闘志が漲った。両手をついて立ち上がると果敢にアレックスは前に出た。カールはアレックスの顔面に左ジャブを小刻みに当てた。

「もっと距離を詰めろ。アレックス！」

カールは指示した。アレックスは意を決して飛び込んだ。カールは左にかわした。

「よく見るんだ。アレックス」

カールの指示にアレックスは慎重に距離を詰めた。アレックスが飛び込もうとする瞬間、カールは左を出して牽制した。

ようやく一巡したとき、カールの背中には汗が玉となって流れ、トランクスは腿に張りついていた。

次の相手がリングに上がると、カールはフットワークを使った。相手がコーナーに詰まっても距離を縮めなかった。

もう一度ジャックの順番が回ってきた。

カールは左を出して牽制したが、ジャックは懐に入ってきた。ボディを圧迫する鈍い衝撃が走った。

ジャックはカールをロープに追い詰めてサンドバッグにした。ゴングが鳴ってもカールは防御の姿勢のまま動くことができなかった。次の相手は同じようにカールを攻撃した。

カールはグローブのあいだから目を光らせた。両肘はパンチを受けたために赤く腫れ上がっていた。カールが左を出すと相手の右はそれよりも速く飛んできた。カールはあわてて上体を反らしてかわさなければいけなかった。

ようやくゴングが鳴ってロープから離れると足がふらついた。ロープをくぐって突進してくる相手をカールは忌々しげに見詰め、ガードを固めようとしたところ、頬に相手の右が突き刺さった。

カールはそのまま崩れ落ちた。

リング下に陣取っていた部員がカールを立ち上がらせた。カールは意識が朦朧《もうろう》としていたが、次の相手は容赦なく襲いかかった。

カールは両手で顎をガードして防御の体勢を取ったが、再び胃の辺りを抉《えぐ》られると膝から崩れ、マウスピースを吐き出した。

「だらしねぇ奴だ。水を持ってこい」

カールがリングの下で意識を取り戻したとき、心配そうに見詰めるアレックスとオスカーの顔があった。

「口ほどもねえ奴だ。いいか、シゴキはこれまでだ。次からは、どんなことがあっても最後までやらせる。やりたくない奴は練習をさぼるな！」

ジャックは全員を睨みつけた。それからリングに上がり、

「残りは俺がやる。決めた順番通りに上がってこい」と言った。

寮に戻り、部屋に入って鏡を見ると瞼が腫れ、痣《あざ》ができていた。

ベッドに入ると、ジャックが十五人分を相手にした姿が蘇った。ジャックには力があり、スタミナがあった。

カールはなかなか寝つかれなかった。ビルの面影が脳裏をよぎった。彼はどのようなスタイルのボクシングをしていたのだろう。どのくらい強かったのだろう。

カールはベッドから起き上がり、窓際に立った。そして、あの朝、眺めた場所を見詰めた。ビルが倒れていた場所は暗闇に隠れていた。

それからカールはバスケット・ボールをしてははしゃぎ回る幼き日の自分たちの姿を思い出した。それを窓から眺めるメアリとローラ、教室の中で居眠りをするバド。

『お前の顔には蛭がついているんだ』と言うブレイク。アルバートは肘が当たったと文句を言う。

『当たっていない』

『当たった、反則だ』

つかみ合いになるとアルバートは泣きはじめる。

あの日々が懐かしかった。

しかし、過去の日々は戻らない。カールはベッドに入った。

朝、母親のモニカが来たと、ルイーズが伝えに来る夢を見てカールは飛び起きた。しかし、ドアは閉まったままで、誰かが廊下を歩いていく気配はなかった。

カールは階下へ下りた。

朝食の支度の整っていない部屋は薄暗かった。

再び部屋に戻って横になり、カールは頬から首にかけての火傷に手を触れ、じっと一点を見詰めて物思いに耽った。

なぜ今頃、思い出したのだろうか？　母親の姿は記憶の底から消えているはずだ。けれども、そんな夢を見たというのは、母なるものを心の底で求めていたからだろうか？


土曜日は練習が休みなので、カールはチャーリーを誘って軽いスパーリングをした。チャーリーの変則スタイルは、カールの反射神経を培った。カールは練習が終わると、図書館に行った。メアリは忙しそうだった。男性職員は、彼女に指示を与えるときにカールの方を盗み見た。五時になると、

「ごめんなさい。もう少しかかるの。すぐに行くから外で待っていて」とメアリは約束の時間を延ばした。カールは図書館の外で待った。窓のカーテンが一つひとつ閉じられていくのを、まるで例の男が、自分とメアリを隔てるためにそうしているように感じながら眺めた。カールは木にもたれ掛かった。乾いた風がもの寂しげに広葉樹の葉を震わせていた。

待つ時間は長く感じられた。

夕暮れは濃くなっていき、通りを走る車の動きはあわただしくなった。カールにとって夕刻は一日の中で、いちばん好きになれない時間帯だった。

図書館の窓の明かりが一つひとつ消されていった。もうすぐ彼女は出てくる。待ちはじめてから一時間が経過していた。

カールは暗くなった煉瓦造りの建物を見上げた。裏口から男が一人二人と出てくる。しばらくしてメアリが戸口に現れた。誰かがそばにいた。彼女はその男に手を振ってから駆けてきた。

「ごめんなさい」

カールは、愚痴をこぼしたくなったが我慢した。

「今日、本の整理の日だったの」

彼女の声は弾んでいた。

「どこかで食事をしましょう」

二人は、通りのカフェに入った。メアリは、図書館にカールが来てくれるだけで気分が明るくなる、と言った。

「だから今日は楽しかった。遅くまで残されて嫌だったけれど我慢できた」

その日、いつもより遅くカールは寮に戻った。バドたちはすでに寝ていた。

街には新しい時代がはじまる息吹が感じられた。反戦を旗印に若者が社会からドロップアウトして、ワシントン・スクエアがたまり場になった。

彼らは黒人ではなく、白人だった。髭を剃らず、髪の毛を切らず、ジーパンとTシャツ姿で時代の唄を口ずさんで国家を非難した。

カールは彼らを横目で見た。肌が白で、この国の国民になり得る資格を持っている人間が、道を外すのは理解できなかった。

チャーリーはよく新聞を持ってきて、この言動はレイシストだ、と決めつけてまくしたてた。警官が万引きをした黒人少年を捕まえて暴力を振るったという記事だった。チャーリーは黒人を擁護する立場に立っていたが、度を越していた。

新聞の写真は確かに警官が今にも少年の頭に拳を当てる瞬間を捕らえていた。けれども、写真だけでは真実はわからないはずだ。

この警官は白人だということで逆の面で差別された扱いを受けた。

チャーリーは昼休み、勉強をするよりもそうした話題を好むようになった。カールは、胡散臭そうに芝生に横になって、歩いていく女性の足を眺めていた。挑発的な服装の女性がいると、ヒューと口笛を鳴らして片目をつむった。チャーリーは難しげな顔をして、

「差別だよ。カール」と注意した。

「いや、君にこの言葉を使うのは妥当ではなかった。差別を受けた人間がそうするのは差別ではない。なぜならそれは、我々の社会が歴史の中で君たちを差別してきたという原因があるからだ。差別という言葉は君たちが僕たちに差別されるときにだけ使われる言葉だ。だから今の君の態度は、女性蔑視だ。これも同じように改めなくてはいけない。我々は黒人と同じように女性もまた差別し続けてきた。イコールとして扱っていない。社会は白人男性のもので女性は家庭で家事をしていればいいというのが、このワスプ、白人至上主義社会の特徴なんだ」

カールは、チャーリーの演説に呆れて、

「俺はあの女の子の足がイカしていると表現したかっただけだ」と言った。

「それがいけないんだ。君は彼女の足を性的なものとして捉えている。彼女の人格を無視している」

「女性も男性の何かを性的にしか捉えない場合がある。けれども悪いことだとは思わない」

「女性も変わる。いいかい、黒人と同じように変わるんだ」

チャーリーは遠くを見詰めた。それから得意げに笑みを浮かべて、

「今度、僕は君と同じボクシング部に入ることにした」と言った。カールは耳を疑った。

「したいことをするのは僕の権利だし、誰も止めることはできない。もし僕の体が不自由だからできないというのなら、それは差別だから許すことができない」

チャーリーは何かにとりつかれたように興奮していた。

ジャックはその日、厳めしい顔をしていた。隅に立っているチャーリーにちらりと目をやって、

「おい、そこの痩せ男。こっちに来るんだ。耳が聞こえないのか」と指示した。そして、部員を集めて、

「今度新しく入る仲間だ。名前はチャールズ・スタンレーだ。かわいがってやるように」

それだけ言って解散させた。チャーリーはジャックの後を追って、

「今日は練習をさせてもらえないのですか?」と聞いた。

「勝手にすればいいだろう。いいか、今は試合前だ。新入部員にかまっている時間はない」

「でも……」

チャーリーは萎《しお》れてカールのところに戻ってきた。

「リングに立つことばかりが練習ではない。またグローブをはめてサンドバッグを叩くことも。わかるかい?」

カールは説明した。チャーリーは頷いた。各自が準備体操をして軽い練習が終わったところで顧問がやってきた。今日は出場選手の最終選考だった。ジャックにとってはカールとのリターン

マッチの日だった。

何組かの試合が終わったところでカールはリングに上がった。ジャックのリングサイドに陣取った部員たちはゴングが鳴ると、

「叩きつぶせ」と声を飛ばした。チャーリーは片足を引きずってコーナーに来て、

「カール、負けるんじゃない。差別だ。これは差別だ」と息巻いた。

カールはどこか冷めていた。

カールは、ジャックのパンチを分析した。左から入って距離を詰めて右のフックを繰り出す。このとき、上下左右に上体をふって飛び込んでくるのでパンチを避けるタイミングがずれてしまう。

コンビネーションブローは、下から突き上げるアッパーを一呼吸置いた後にもってくる。カールは、ジャックの動きの中でいつパンチを出せばいいか、タイミングを計った。コーナーの下ではチャーリーが苛立っていた。一ラウンド終了のゴングが鳴ると、チャーリーは、

「どうして打たないんだ?」と聞いた。相手側のコーナーからは、ジャックが鋭い目で睨んでいた。顧問が立ち上がってカールに指導を与えた。二ラウンド目がはじまると、

「どうして打ってこない?」

ジャックは目を光らせた。カールは返事の代わりに、左ジャブを顔面にお見舞いした。とたん

にジャックの顔つきが変わり、追うステップが速くなった。カールは左で相手の動きを止めなかったので、すぐにロープに詰められてしまった。

重いパンチがボディに炸裂した。アッパーをかわして体勢を入れ替える。

一瞬、ジャックはバランスを崩した。表情にパンチを食うかもしれないという陰りがかすめた。しかしカールは攻撃しなかった。下にいる仲間たちが、

「ボディだ。ボディ」

「足を止めさせろ」とジャックの声援をした。カールが一歩、後退してガードをわずかに下げると、ジャックは飛び込んできた。仕掛けた罠にジャックはかかった。

カウンターのアッパーを顎に決め、ワン・ツーを伸ばすと、彼はキャンバスに両手をつき、額をつけた。手を伸ばしてロープを掴むと重い体を持ち上げるように立ち上がり、そして子供のような仕草でトランクスを引っ張った。

「何やってんだ！」

「早く奴を叩きつぶせ」

カールは距離を詰めた。ジャックはおびえていた。まだダメージが残っていた。カールは体勢を低くした。相手の視界から自分の姿を消すように左右の動きを入れた。ボディに一発、そしてガードが下がるとテンプルに。カールは以前チャーリーがしたような変則スタイルに変えた。

ジャックがはじめてクリンチをした。カールはジャックを休ませなかった。そのままもつれてコーナーに背中をつけさせて、腕を解いてパンチを繰り出した。

ジャックの顎が再びカールのアッパーによって突き上げられた。それからカールは打ちまくった。ジャックのマウスピースが飛び出した。レフリーが止めると、ジャックは両手を垂らして俯いた。ヤジが飛ぶと、

「もういいんだ」と投げやりに片手を振り、そしてリングから下りた。

仲間たちが、どうしたんだ、まだ終わったわけではないと言っても聞き入れず、タオルを掴むとそのまま更衣室に引き上げた。

「どうなっているんだ?」

唖然とした部員がリングを見上げ、カールに挑みかける視線を投げた。ジャックを追って引き上げる連中の一人が振り返って、

「おい、これで終わったわけではない。いいか、こんどは俺が相手だ」と捨てぜりふを吐いた。

顧問は立ち上がると、

「たいしたものだ」と呟き、カールに、

「試合は一か月後だ。体調を整えておくんだ」と指示した。チャーリーはカールがリングから下りると、抱きついてきた。

「すごい！　すごいじゃないか？」

アレックスは当然だといわんばかりに片目をつぶってみせ、

「彼はナンバーワンだ」と言った。

顧問は今日の練習はここまでだ、後片づけをしろ、と指示した。


カールたちが更衣室に行くと、ジャックは荒れていた。部員の一人をねじ上げて壁に押しつけている。カールは無視して歩いた。ジャックはカールの肩を掴んだ。

「俺を馬鹿にする気か？」

カールはジャックの目を見詰めて、

「いや」と答えた。

「お前は、いつも俺を馬鹿にしている。今日の試合もそうだ。どうしてはじめから攻めなかった。どうして俺をあざ笑っている？」

「勘違いだ」

「勘違い？」

「そうだ」

カールは手を払いのけて、ロッカーの扉を開けた。

「おい、ニガー。俺は黒に馬鹿にされたのははじめてだ。その高慢ちきな態度には我慢できねえ」

カールは彼の方に向き直った。

「何が言いたいんだ？」

ジャックは、

「その汚ねえシャツは何なんだ？」と言った。カールは頭に血が昇った。

「まだ農場で働いているのか？」

他の部員が、

「土の匂いがプンプンするぜ」と笑った。チャーリーが、

「おい、なんてこと言うんだ。恥を知れ。恥を！　君たちにそんなことを言う権利はない」と唇を震わせた。

「へっ、ユダヤ野郎が」

「ぼ、僕を貶すのはかまわない。だけど彼を貶してはいけない。それは君たちの責任だからだ」

「何、ほざいているんだ？」

チャーリーは、体を真っ直ぐにしようとしても弱い足の方に傾いた。それでも背伸びをするように体を起こして、

「君たちは腐っている」と指で差した。ジャックは胡散臭そうにちらりと見て、「さぁ、帰ろう。こんな奴らとはつき合いきれねぇぜ」と部員に言った。カールは、「もういいよ」とチャーリーの肩を叩いた。

「駄目だ。君は人がよすぎる。あんなことを言われて黙っていてはいけない」

「言わせておけばいいのさ」

チャーリーは彼らの後ろ姿を見詰めたまま動こうとしなかった。カールは困ったように笑うと、

「さあ、帰ろう。まさかここで寝るつもりではないだろう?」とチャーリーを宥めた。

「僕たちは団結して運動を起こさなくてはいけない」

「もう十分すぎるほど起きている」

「もっとだよ。カール。なぜって」

チャーリーは目をぎらつかせた。

「彼らがわかっていないからさ」

帰る道すがら、チャーリーは、

「故ケネディ大統領は我々に何と言った? 人種、信念、肌の色、出生国によって人を差別してはいけない、と言った。今日の試合は人種差別だ」と口調を荒くした。

「いいかい、これは出発点なんだ。確かに彼らはスタート地点から差別することはよくない、是正しなければいけない、とわかった。雇用の機会を均等に分け与えなければいけない、と。だけどそれだけでは駄目なんだ。ジョンソン大統領が、なんて言ったか知っているかい？　彼は、不十分だということがわかっていた。なぜなら機会を均等に与えても、黒人は差別した扱いをそれからも受けるからだ。同じスタート地点に立っても黒人には昇給の機会はない。努力してもだ。だから平等とは、機会の平等だけでなく、結果の平等、つまり同じように昇給し、同じように出世する平等が必要だとジョンソン大統領はハワード大学で演説したんだ」


例の試合の後、ジャックは学校を休んだ。練習に参加した人数も少なかった。しばらくして顧問が顔を出し、練習を五分ほど眺めてから姿を消した。チャーリーは、

「陸上とバスケットから五人、ボクシング部に入ることになった」と囁いた。

「五人？」

「この部は差別が激しい。数で優勢を誇っている彼らに対抗するためさ」

「君が誘ったのか？」

「いや、彼らの希望だ。ジャックは、説明してもわからない。何かを変えるときには思いきった行動をとらなければいけない。結果を出すためにはどのような手段も使う。そうしなければいけ

ないんだ」

次の日、練習に来たジャックは顔を腫らしていた。チャーリーが言った新入部員は練習に加わったが、ボクシングが好きで来たのではなかった。五人の黒人のうち二人は身長が二メートルを超えていた。彼らはジャックを監視するために来ていた。

ジャックの目は、内に鬱憤を秘めていた。彼はカールとすれ違うとき、立ち止まって声を落として、

「これが平等かい？　お前らの言うイコールかい？」と苦言を呈した。すると新しく参入したチャーリーの友人が、

「ジャック、俺たちにもグローブをはめさせてくれねえか？」

ジャックをカールから離した。

「これはどうやって打つんだ？」

また、もう一人は、

「俺たちは新入部員だぜ。やさしく手ほどきをしておくれよ」と言い、

「ジャック、縄跳びが短いぜ。もっと長いのはないのか？」バスケット部の長身の男が紐をぶらぶらとさせて、

「これでは満足に飛べない」と愚痴をこぼした。リングの上では、早くもグローブをはめたチャ

ーリーの友人がスパーリングを開始した。

黒人の一人がカールのところに来て、

「俺たちはお前の味方だ。いいか、思う存分実力を出すんだ」と片目をつむった。カールは、

「協力はありがたいが、これではこちらにも練習の場所がなくて困る」と伝えた。

「それはわかっている。俺たちはすぐに帰る。ただ不当な扱いをする彼らに灸をすえているだけだ」

彼はしばらくすると、

「おい」と言ってリング上でふざけ合っている仲間を呼んだ。

「今日の練習はおしまいだ。ジャックに礼を言いな」と指示を出した。

彼らは、リングから下りると、威圧的な態度でジャックを囲んで、

「また来るよ」とグローブを返した。彼らが姿を消すと、ジャックは顧問のところに行く、と言って出ていった。カールはおもしろおかしく眺めているチャーリーに、

「差別を是正するのはいい。だがこれではジャックの立場がない」と忠告した。

「カール、何を言っているんだ。これが正常なんだ」

チャーリーは目を光らせて反駁した。

「俺はどのような扱いをされてもかまわない。その方がいいぐらいだ」

「間違っている」

チャーリーは悲しげに呟いた。

「君は差別に慣れすぎてしまっている」

「そうじゃない。俺は今まで鞭で打たれたことも家を焼き払われたこともリンチを受けたこともない」

「程度の差さ。よく考えるんだ」とチャーリーは言った。

「君たちは同じように職にありつけると思うかい。白人と同じようにお金を貰えると思うかい？小さな差別がその人の人生を左右していくんだ。君は個人の力を買いかぶりすぎている。集団でするのが嫌いみたいだけれど、団結しないとこの社会は変わらない。今日の出来事は僕が謝る。いきすぎたところもあったかもしれない」


ジャックが顧問に苦情を呈したにも関わらず、試合の選手にはカールだけではなく、アレックスまで選ばれていた。

地区試合でジャックはミドル級で、カールはウェルター級で優勝した。はじめて新聞に名前が出たのをバドは得意げにルイーズの前で自慢した。

「次はオリンピックだ。カール」

控えめなバドにしては珍しく興奮していた。ルイーズはバドの体を気遣って、「さぁ、寝ましょう。今日は遅いわ」と言った。

若い頃の無理がたたったのかバドは足を悪くしていた。寝室に行くバドの後ろ姿を眺めながら、カールは胸が痛くなった。毎朝、自分たちを起こしに来たあの姿が懐かしかった。

メアリは日曜日にやってきた。カールが一週間に一度、図書館に顔を出さなくなって一か月が過ぎていた。

彼女の口からそれを咎める言葉は出なかった。バドの体をいたわり、外に出てから、「もう子供を預かることはできないのではないかしら?」とため息をもらした。

「ルイーズは医者からバドの体について聞いたらしいの。心臓が肥大していると言われたそうよ」

そのことはカールには初耳だった。

「薬の副作用らしいの。だけどそれを飲まないと膝が痛んで寝ることができない。医者は障害者の認定を申請するように勧めたけれど受けつけなかったようだわ」

カールは、バドらしい、と思った。障害者としての自分を認めてしまえば精神的にも参ってしまうことがバドにはわかっているのだろう。

「この教会の窓が割れていたのを覚えている?」

カールは突然、何を言い出したのだろうとメアリを見詰めた。メアリは続けた。

「事件の一週間ほど前に梯子《はしご》が教会に立てかけてあったのよ。だけど例の事件が起きた朝にはなかった。どこにおいてあるか知っている？」

「さあ」

「物置の中。鍵はかかっていない。ハワードが出所するまでにはっきりさせたいと思っていたの。バドもまだあの事件のことは覚えている。けれど、このことを話すと、何も語りたがらない。ローラがあの事件の後にハワードを外に連れ出したのを覚えている？」

カールは記憶を辿った。騒がしい部屋の状況が思い出されてくる。みんなは誰が犯人かを言い合っていた。

『ハワードだよ。ハワードに決まっている』

それが大方の意見だった。ケビンが声の大きいオスカーを咎めた。

『おい、聞こえるぜ』

ハワードが彼らのところに近寄った。でっぷりと太ったオスカーはみんなから責められて今にも泣き出しかねない状況だった。そのとき、ローラが立ち上がった。

ハワードの顔から怒りが消え、気まずい影が刻まれた。

『ちょっと来てよ』と言い、ローラはハワードを連れ出した。

「あのとき、私たちは本当にハワードがビルを殺したのか、確かめたの。ハワードは絶対に自分ではないと言いきったわ。ローラはそのとき、ハワードは目に涙をためていたと言った。だから私は彼が犯人ではないと思う」

「じゃ、誰が?」

メアリははっきりとした確信をもって指を差した。

「あの上に誰かがいたのよ」

それは教会の入り口の庇《ひさし》の上だった。メアリは、夜中にビルと会っていた頃を思い出した。

「あそこからなら下を見おろしながら、横に移動することができる。それにあの辺りからならちょうど真下に当たる」

アルバートのことをビルに相談したとき、上から複数の囁き声がしたのを憶えていた。

「でもなぜビルはあの夜、あそこに立っていたのだろう?」

「あの場所はビルがハワードを呼び出して注意したところなの。ハワードはあの頃アルバートを虐めていたから」

そのことはカールも知っていた。夜、窓際から外を眺めると、言い合っている二つの影があった。一つが離れてこちらに歩いてくると、それはハワードだった。そしてそれからもう一つの影が現れて教会の入り口で寄り添った。それはビルとメアリだったはずだ。

「犯人は？」

カールはメアリに聞いた。

「わからない。ビルを恨んでいた人間が浮かばないの」

それはカールも同じだった。


ジャックの家族の住むアパートは一人の黒人が住んだことによって他の白人が引っ越し、借り手がなくなった。所有者はしかたなく黒人を入れ、瞬く間に半数が黒人になり、アパートの住人たちは環境が悪くなったと言って黒人排斥運動をした。

ジャックの家族もまた引越しを考えた。はじめはあと一年我慢すれば、ジャックが卒業するからと延ばしていたが、ジャックが近隣の黒人のグループから袋叩きにされると、両親の考えは変わった。

彼が転校していなくなると顧問は次のクラブのリーダーを決めることを指示した。上級生は就職や進学を控えていたのでカールたちの中から選ぶことになった。

チャーリーがカールを推薦した。その場には例の黒人たちも来ていた。投票で決まると、カールはリーダーを引き受けた。

カールは図書館に通い、スポーツトレーニングのノウハウを培った。今までのがむしゃらな練習を止めて、科学的なトレーニングを取り入れた。そして、白人も黒人も同じように扱った。

全米でカールは二位になった。


ハワードの出所の日、バドはルイーズと一緒に出迎えに行った。カールとメアリは教会で待つことにした。

ハワードの部屋はカールの隣だった。使われなくなってから久しく、一つだけ残されたベッドは錆びついていた。

メアリは、

「不安なの」とため息をもらした。

「何だかこの日が来るのを恐れていたみたい。どんなふうに顔を合わせればいいのかわからない」

カールは、

「大丈夫だよ」とメアリに言った。

「ハワードも同じさ。僕たちはいつも通りでいいんだ。ハワードに気を遣わせてはいけない」

「そうね」

しばらくすると、タクシーが坂を上ってきて、埃を巻き上げて止まった。運転手はトランクを開けて荷物を下ろした。髪の毛を短く切ったハワードが後部座席から出てきた。眩しげに建物を見上げてから教会を見詰めた。バドが杖をついて後部座席から現れて、ハワードと並んだ。

「休暇はいいもんだ。うちの倅《せがれ》ももうすぐ戻ってくるんだが、音沙汰がない。あんたの息子は、いい男だ」

運転手は帽子を脱いで汗を拭き、バドに笑顔を向けた。ルイーズがハワードに何か耳打ちした。聞き終わると、ハワードはこちらの窓を見上げた。

「さぁ、下に行こう」

カールはメアリを促した。

「メアリ、手伝っておくれ。さあ、ハワード、中にお入り。コーヒーにするかい？　それとも紅茶かい？」

寮の入り口からルイーズが階段のところにいるメアリに言った。カールは、

「ハワード」と声をかけた。ハワードは、

「見違えたよ。あのカールとは似ても似つかない」と笑顔をもらした。

「私のこと、覚えている？」

「もちろんさ。美しくなったね」

ハワードの顔を戸惑いを含んだ笑みがかすめた。メアリは涙を見せないようにルイーズと一緒

に厨房に入った。

テーブルにケーキと紅茶が用意された。ハワードは周りに視線をやり、この建物も変わったね、と呟いた。

「そうかね。私はずっといるからわからないが……」とバドが答えた。

「前より綺麗になったよ」と言って、ハワードは寂しげな瞳をして笑みを浮かべた。

「カールはハイ・スクール、メアリは図書館に勤めている。あの頃はみんな子供だったが……」

「他は？」

ハワードの瞳がわずかに震えたのをカールは認めた。

「みんな、ここから出ていって立派に働いている」

ルイーズがケーキを切ってハワードの皿に乗せた。ハワードは視線を落として、じっと見詰めた。

「さぁ、いっぱいお食べ。夕飯はもっとご馳走するからね」

「刑務所では……」

ハワードが口を挟むと、みんなは押し黙って次の言葉を待った。

「ケーキなんか食べさせてもらえなかった」

ハワードの目に熱いものが滲んだ。ケーキを一口、頬張って笑みを浮かべ、ハワードはしばらくしてからカールにボクシングをしているんだってね、と尋ねた。

「タクシーの中でいろいろと聞いた。すごい」

「あれはまぐれさ。組み合わせがよかっただけなんだ。俺のブロックには強い者がいなかった。最後に来てこてんぱんにやられてしまった」

カールは、パンチを受けてふらふらになったようにおどけてみせた。ルイーズが、

「メアリが今度の日曜日に動物園に行こうって計画をたてているんだ。私も連れていってもらいたいんだけど、お荷物かい？」と聞いた。メアリは、

「そんなこと、ないわ。どうぞ、一緒に」と誘った。

「何年ぶりだろうかね」

胸をわくわくさせてルイーズは声をはずませた。

「動物園？」

ハワードが顔を上げた。

「クイーンズにある動物園に行こうと思っている。あそこはニューヨークで一番だからね」と、カールが付け加えた。

「今は疲れていてそんな気にはならないかもしれないが気分転換に行ってきたらいいだろう。それに明後日だから今日はゆっくり休んで、疲れをとればいい」

バドが穏やかに告げた。

「そうだね」

「それから何か必要なものがあればルイーズに言っておくれ。用意するから」

ハワードは顔を上げて、キョロキョロと辺りを見回した。その姿が異様に思われたのでカールは、

「どうしたんだい？」と尋ねた。

「いや、何でもない」

ハワードは作り笑いを浮かべた。

「今までの場所とあまりにも違っているので眺めていた」

一段落つくと、

「さぁ、今日は疲れているだろうから、カール、部屋に案内してあげて」

ルイーズはそう言って、疲れが出ているハワードに気を遣った。

ハワードは部屋に入ると、

「夕食までのあいだ、少し休みたい」と言った。

しばらくしてからカールとメアリは、ルイーズから頼まれて買い出しに行った。メアリは、

「ハワードは何かを考えている」と言った。

「私たちが喋っていても上の空だった。心は他のところにある」

「長いあいだ、違う世界にいたんだ。戸惑っているんだと思う」

カールは穏やかに言って、彼女の緊張した気持ちをほぐした。

「そうならいいんだけれど……」

「ハワードに明るさを求めるのは無理だと思う。以前だってそうだったし……」

帰るとメアリは、ルイーズと夕食の準備をし、カールはベッドに横になって本を読んだ。

カールが耳を澄ますと、荷物の整理をしているのか、隣の部屋から物音がした。カールは寝返りを打って天井を見詰めた。メアリが言ったようにビルを殺害したのが彼でないとしたら誰が、と考えた。一人ひとりを思い出したが、ビルに殺意を抱く人間は思い当たらなかった。ハワードをのぞけば自分たちはまだ子供だった。

ハワードの自白によると、事件の夜、ビルを教会の外に呼び出して口論になったということだった。ハワードはビルを突き倒し、下にあった石で頭を砕いた。しかしそれが作り話だとすると……。メアリが示唆したように誰かが教会の上にいて、石を落としたのかもしれない。

けれども、そうだとするとハワードのズボンについていたビルの血痕はどう解釈すればいいのだろう？　誰かが罪をなすりつけるためにつけたのだろうか？

しかし、カールは納得できなかった。

何の罪もないビルをそのために犠牲にすることが出きるだろうか？　もしそうならもっとよくわかるように血痕をハワードのズボンにたくさんつけたはずだ。しかしその証拠は後で判明したように派手についていたものではない。ハワードを陥れる目的なら、いちばん重要な証拠をはっきりとハワードに移し換えたはずだ。

カールはベンという二回しか会っていない人物に不審な点はないか、と考えた。

ベンとビルは、どのような関係だったのか？　ベンは八百長試合に関係したイカサマ師だ。ビルはそうした試合に関係していなかったか？

ビルはベンと組むことを拒んでいた。信用することができない人間だと見抜いていたから試合には出なかったはずだ。けれども出ていたら……。

試合に負けることを拒否して勝った場合、ベンには多大な損害がかかる。そうなると、ベンに殺意を抱く条件はそろう。

しかし、もしそうなら試合は夜だから、ビルの帰りが遅くなったはずだ。が、そんなことはなかった。

カールは再び状況を辿り直した。

ビルは教会の壁の近くに倒れていた。足の位置から少し離れたところに入り口に通じる階段が三段ある。

下はコンクリートで教会の壁から五十センチぐらいの幅で教会の周りを囲んでいる。あとは砂利だ。木の植え込みの周りには大きめの石が置いてあった。凶器の石は死体の膝の辺りにあった。

誰かが立っているビルの後ろから石を持ち上げたとする。だが、ボクシングをしていたビルが気配を感じないはずはない。

二番目の場所、あの庇の上からなら……。あの夜は風が強かったので、ビルが上の気配に気がつかなくてもおかしくはない。

が、石は後頭部を直撃している。上から落としたのなら頭蓋骨の真上に落ちるはずだ。が、もしビルが考え事をして俯いていたら、石はビルの後頭部を直撃し、倒れたビルの膝の辺りに落ちてもおかしくない。

やはりメアリが言ったように庇の上からだ。けれどもいったい誰が？

そのとき、ドアをノックする音がした。ドアを開けると、ハワードが立っていて、

「便箋か、何かないかな。なければただの紙でもいいんだけれど」と言った。

「使っていないノートならあるけれど」

カールはそれを渡しながら、

「手紙を書くのならこれじゃだめだな、バドに頼んでもらってこようか？」と言った。

「これで十分さ」

ハワードは微笑みを浮かべて部屋に戻った。ノートで満足したところをみると、手紙を書くのではなさそうだった。

カールたちは夕食前に教会で聖書を読み、賛美歌を歌った。ハワードは両手を握りしめて額につけた。メアリは終わっても立ち上がろうとしないハワードの肩にそっと手を置いた。

夕食は静かに過ぎた。誰も無駄なことは喋ろうとしなかった。終わりに近づいた頃、バドがまた子供を預かろうと思う、と口を切った。カールとメアリはすでに聞いていたので、視線をハワードの方に移して反応を窺った。ハワードは少しだけ顔を上げて、

「それはいいことだね」と言った。ルイーズは、このあいだのときのように差し出がましい口は挟まなかった。


日曜日にカールとメアリは、ハワードと一緒に動物園に行った。ルイーズは急用ができて参加できなかった。あいにく小雨模様で、空はどんよりと曇っていた。

公園には家族連れや子供たちが大勢いて、華やいだ笑顔に満ちていた。ハワードは、ライオンの檻の前で柵に両手をついて考え込んだ。

野生の姿からほど遠い物憂げなライオンの表情は、ハワードと似ていた。眩しげに細い目を開けて見詰めてからお尻を向けて中に入り込む百獣の王にハワードは、「こちらにおいで」と言って、手にした石を鉄の柵に当てて音をたてた。

メアリが横に来て、

「可哀想な動物たち」と呟いた。ハワードは、

「おい、こっちを向いてごらん、さあ」と手を叩いた。ライオンは相手にしなかった。ハワードの表情が曇り、

「どうしたんだ？　吠えてみな。気持ち良く」

口調を強めた。

「無駄だよ。ここは草原ではないとわかっているんだ」

カールは穏やかな口調で言った。ハワードは目を光らせると、

「ほら」と小石を金網の中に放って挑発した。

「行きましょう」とメアリが促した。少し歩きかけると、

「アルバートのこと、覚えている？」と控えめな声でメアリは言った。ハワードは黙ったまま下を見詰めた。

「昨日、地下鉄で会ったの。とても元気そうだったわ」

メアリはハンドバッグから名刺を取り出した。カールは指に挟んで眺めた。ハワードが横目で窺ってから視線を逸らしたので、カールはハワードに名刺を渡した。ハワードの指が震えていた。ハワードは努めて何気ないようにしようとするみたいに不自然な笑みを浮かべた。

「彼はもう立派な大人だ」

ハワードはそう言ってメアリに返した。

「今度、四人で食事をしましょう、って話になったの」

「アルバートか……」

カールはそう呟いて、心の中でもし彼が犯人なら、と考えた。あの上から石を落とすことができる。それに事件当日、アルバートは夜遅く部屋に戻ってきた。

動機は二番目のものが当てはまる。ハワードに罪をかぶせるために殺した、というものだ。もちろん、そのために、なぜビルをという疑問が残る。メアリが、

「こんなこと言って気分を悪くするかもしれないけれど、聞きたいことがあるの」とハワードに話しかけた。ハワードは顔を上げると、

「何？」と聞き返した。

「警察にアルバートは今にも泣きそうな顔で、ビルに頼まれてハワードに待ち合わせの時間と場所を伝えた、と言った。でもあなたは否定した。自分はビルから直接聞いた、と。どうしてそん

な食い違いが起きたのかしら？」

　カールは、はじめてそのことを知った。ハワードは遠い過去の記憶を辿るように上を見てから吐息をもらした。

「そんなこと、あったのかな。もう覚えていない」

「でも、あなたが直接、ビルから言われたのと、アルバートからとでは違う。忘れるはずがないと思う」

「確かに」

　そう言って、ハワードはベンチに腰を下ろした。そして立っている二人の心の中を読みとろうとするようにじっと見詰めた。ハワードは重い口を開いた。

「あのときのことは何度も考えた。確かにアルバートから聞いた。だが、その後で俺はビルに確認した。ビルはわかっている、と言った。だからアルバートはビルから命令されて俺に言ったはずだ」

「どうしてそのことを警察に言わなかったの？」

「アルバートに疑いがかかるからさ」

「でも本当のことよ」

「アルバートは殺していない。もしそうしていたら犯人はオレだと言ってなすりつけたはずだ」

「でも、それは、怖くてできなかったのかもしれない」

メアリが呟いた。ハワードが顔を上げてメアリを見詰めた。メアリはハワードの隣に座った。

「ねえ、教えてほしいの。もう、済んでしまったことだけれど、私はあなただと思っていない。本当のことを知りたいの」

ハワードは暗い表情をして俯いた。そして、

「今さら」と言ってから地面に唾を吐いた。

「でも、あなただって知りたいんだと思う」

「済んでしまったことだ」

「そうじゃないわ。本当のことがわかるまで罪は償われたことにはならない。あなたが代理でしただけなのよ。だから教えてほしいの。あなたがあの夜、あの現場に行ったとき、ビルはすでに死んでいたの？」

ハワードは疲れたように顔を上げた。そしてメアリの目を見詰めて頷いた。

「俺は怖かった。あの場所に倒れているのがビルだとはわからなかった。額に手を触れると温かいものがついた。血だった。どうしたらいいか、頭の中は混乱した。ここにいてはいけない、俺が疑われる、そう思って駆け出して部屋に戻った」

ハワードは口を閉ざしてから再び二人を見詰めた。

「布団にもぐり込んでからしばらくして、やはり気になった。そっと抜け出してアルバートが寝ている部屋に行った。アルバートは暗がりの中で顔を上げた。目だけが光っていた。あの噂が広まってから俺を避けるようになっていたから、こちらを認めると、周りを気にしてあわてはじめた。俺はさっと人差し指を唇に当てて黙るように言った。廊下に連れ出して、ビルが死んでいる、と言うと今にも気を失わんばかりに動揺した」

カールはあの夜、ハワードが部屋の中に入ってきたのには気がつかなかった。確かに人が入ってきた。しかしそれはハワードではなかった。アルバートだった。

「しばらくしてからってどのくらい？」

メアリは質問した。

「よく覚えていない。五分ぐらいだったかもしれないし、三十分ぐらい経っていたかもしれない。でもなぜ？」

「その時間が気になるの」

「あの晩」とカールが口を挟んだ。

「壁時計は十二時五分から十分くらいを差していた。アルバートが部屋に戻ってきた。そして、ベッドの中で震えていたみたいで、軋む音がした」

「俺が廊下で話した後だからだ」

そう言って鋭くハワードはカールを睨んだ。

「でも、もしかしたらその前だということも」

「いや、違う」

ハワードは否定した。

「俺が行ったとき、アルバートは寝ていた。俺はあの晩、アルバートに呼び出されたのではないと証言した。なぜなら、共犯者としての疑いがアルバートに向けられていたからだ。二人で呼び出したんじゃないかと。俺の弁護士は二人が呼び出して言い合っているうちに喧嘩になってアルバートを守ろうとしてビルに襲いかかった、そう取りたいようだった。罪が軽くなるからね。だが事実は違う。アルバートには関係がない。俺は確かにアルバートから待ち合わせの時間を聞いた。深夜の零時だ。しかし、それはビルの指示だった」

「どうしてそう思うの？」

メアリが俯いたまま重い口を開いた。

「アルバートが勝手に決めたのかもしれない」

「何のために？」

メアリは、

「あなたにその時間を伝えることが、目的だったから」と言った。ハワードは苦しげに首を振った。

「何を言っているのかわからない。いいかい、仮にアルバートが一人で決めた。そうしよう。でも、何のために？　俺とビルを喧嘩させるためにか。確かに俺はアルバートを虐めていた。だが、アルバートは俺を慕っていた。決して仲が悪かったわけじゃない」

それからハワードは立ち上がって、

「お前たちが勝手にそう決めたんだ！」

握り拳を震わせた。

「アルバートは悩んでいた。噂に苦しめられていた。お前たちは」と言ってカールを指し、

「アルバートと俺を笑い者にして楽しんだ」

ハワードは鎖につながれた野獣のように苛立ちながら円を描いて歩き、

「読めたぞ。カール、お前は俺とアルバートが共謀してビルを殺したと思っている、そうだろう」と言った。

「違う」

カールは否定した。

「誰かが、君に罪をかぶせるためにそうしたんだ」

「嘘だ、嘘をついている。それは誰かじゃない。アルバートだと思っている。いいか、だから俺

は否定したんだ。みんな、そう思っている。俺を現場に導いた奴が怪しい、と。だが、そうじゃない」

ハワードは歩調を早めた。ベンチと手すりを何回か行き来してから手すりに掴まったまま頭を垂れた。

雨はあがり、傘で地面を突っついて落ち着かない様を示した。メアリが近づくと、振り向いて狂暴な目つきをした。

メアリが、

「ごめんなさい」と謝ると、

「いいんだ、俺もどうかしていた。悪く思わないでくれ」と穏やかになった。

「だけど、もしアルバートが犯人なら獄中の俺に手紙を書いてくると思うかい？　アルバートは俺のことを気遣っていた。今度、教会に来るとも言っていた」

メアリは顔をそむけて、唇を噛んだ。そして、カールに救いを求める視線を投げた。ハワードは、

「帰ろう」と二人を促した。カールは来たばかりだし、サンドイッチにも手をつけていない、と引き留めようとした。しかし、ハワードは歩きはじめた。

「行きたいところがあるんだ」

「待って」

メアリが呼び止めると、ハワードの表情は歪み、

「もうこれ以上、何も聞きたくない」と言った。ハワードは走り出し、メアリはカールにバスケットを預けて追い駆けた。カールはその後を追った。

門の前に固まっている人の群れにハワードは突っ込んだ。女の子が泣きわめき、子供をかばう親がヒステリックな罵声を浴びせた。

「どいてくれ、急いでいるんだ」

ハワードは人混みをかき分けて外に出ようとした。追い着いたメアリが袖を掴んで、

「行っちゃ、駄目。お願い、アルバートには会わないで。私、怖いの」

訴えると、

「嘘だ、みんな嘘だ」

ハワードは腕を振りほどいて動物園の外に出た。カールがメアリの前に飛び出て、追い駆けた。バスケットが人の肩に当たってサンドイッチが飛び散った。ハワードは、行き交う人にぶち当たってよろめいた。カールは足にタックルした。転倒したハワードは両手で這いずった。

「一人にさせてくれ、どうして俺につきまとうんだ!」

メアリが駆け寄って、

「アルバートは」と声を出した。

「あなたを、あなたを狙っていたのよ。ビルではない。ビルはアルバートから何も聞いていない。あなたがビルに、時間の確認をとったから、ビルは反対にあなたから呼び出しを受けたと思ってあの場所に行った。アルバートは、あなただと思って……」

ハワードは、力を抜いてぐったりとした。そして、苦渋の皺を寄せて目を閉じた。ハワードは立ち上がると、

「もう誰にも会わない」

二人の方を向いて寂しげな瞳を投げた。雲の切れ目から差し込む光りは眩しく輝いていた。通りにはあわただしい車の流れがあった。メアリが、

「帰りましょう」と言った。ハワードは頷いて歩き出した。ちょうど交差点にさしかかったとき、ハワードは横を振り向いた。頬が緊張のために微かに震え、額の血管が浮き上がった。ハワードは足を止めた。

「大丈夫かい？」

カールは心配になって声をかけた。ハワードは何かにとらわれていた。それからの出来事は一瞬のうちに展開してしまった。ハワードが大通りの信号を無視して駆け出したとき、メアリは悲鳴を上げた。タクシーのバンパーの角に足を引っかけ、ハワードはアスファルトを転がった。大

型バスのクラクションの響きが周りの喧噪を引き裂くように鳴り、ハワードの体はその下に食い込まれていった。カールは両手を広げて車を止めながら通りを進んだ。突然の歩行者に車はあいついでクラクションを鳴らし、窓から罵倒する言葉が方々から集中した。

カールは頭を抱えて天を見上げた。運転手があわてふためいて飛び降り、それから警官が走ってきた。

血が車体の下から滲むように流れてくる。メアリはタイヤのそばに屈んで泣きはじめた。

カールはショックで動くことのできないメアリを立たせて、歩道まで連れていった。ハワードを死なせたのは自分だとメアリは嗚咽《おえつ》とともに訴えた。

「君ではない」

「私よ！」

「ハワードは自分で死を選んだんだ」

メアリはカールの胸にすがりついてしゃくりあげた。

ハワードの葬式は教会で執り行われ、バドが別れの言葉をときおりつまりながら述べた。葬式にはローラも来た。メアリは彼女のそばで青白い顔をして立っていた。アルバートは現れなかった。

晴れた日だった。ハワードの遺骨はビルの墓の近くに埋められた。それはメアリの希望だった。カールは葬式が済むと、ハワードのいた部屋に入って机の上に置いてあるノートを見た。

『親愛なるアルバートへ』

丁寧な文字だった。

『君の手紙は今も大切に保管しています。とても長く辛い日々でした。自由の身になれるまでどれほど他人を恨んだことでしょう。しかし、今は君の手紙で明るい灯火を見出した思いです。今日、はじめてカールとメアリに会いました。二人とも目を疑うほど立派になっています。カールは、君も知っているように私たちの誇りです。カールを見ているとビルを思い出します。二人はどこか似ている気がしてなりません。今度、君に会うのを楽しみにしています』

下書きなのか、ところどころに間違いを訂正した箇所があった。机の引き出しを開けると、封書があった。

『拝啓　久しくご無沙汰いたしまして、まことに申し訳なく恐縮に存じます。突然の手紙に驚かれるかもしれませんが、私は片時もあなたのことを忘れていません。もうすぐ出所されることを知って大変喜んでいます。あなたは私のことを覚えておいでですか？　私はあの頃に比べるとかなり変わったと思います。出所されましたら、お食事でも御一緒にいかがでしょうか？　今度、教会にお伺いしたいと思っています。私の住所は記してある通りです。連絡をお待ちしております。アルバート』

カールは日の落ちた窓際に立って手紙を握りつぶした。

バドは数日後、発作を起こして倒れた。バドの看病はルイーズとカールがした。

ルイーズはカリフォルニアにいる娘から、こちらに来ないか、という手紙を受け取り、急に身辺があわただしくなった。カールは、食事のときに、どうしようか迷っている、とルイーズから打ち明けられた。

「私は行かないよ。ただ」

「もし、行くのなら」

カールはバドの世話は心配しなくていい、と伝えた。

「しばらく休暇を取ってのんびりしてきたら、ルイーズ」

「そうだね。少し疲れたのかもしれない」

「娘さんのところに行って、その土地が合っているか自分の目で確かめればいいと思う」

カールの勧めもあって、ルイーズは二週間の休みを取った。バドは、

「いいとも、私は大丈夫だ。どうして今まで気がつかなかったのだろう。この二十年間、休みら

しい休みを与えていなかった」と反省した。

「すぐに戻ってくるわ。留守中のことはカールとメアリに頼んでおいたから」

バドはその日、カールに起き上がるのを手伝ってもらってから、

「少し散歩したい」と言った。

カールはバドを車椅子に乗せた。

バドの体はいつのまにか痩せていた。抱き抱えるときに太い骨ばかりが目立った。車椅子を押して庭に出ると、

「立たせてくれんか?」とバドは言った。

「こんな体では、ルイーズが心配して旅行に行くことができない。いつのまにか彼女を縛りつけてしまった」

カールはバドの両脇に腕を入れて体を持ち上げようとした。けれども車椅子が動いてうまくいかなかった。

「急に立ち上がるのは無理だよ。まず足を動かす練習をしなくては」

カールは前に屈んでバドの足に触れた。右膝が腫れていた。医者が身体障害者の申請を勧めた足だ。

「杖があれば立てる。持ってきてくれんか?」

カールは、

「すぐに戻ってくるから動かないで」と言って家の中へ走った。

戻ってくると、ルイーズが地面に倒れているバドを起き上がらせようと悪戦苦闘していた。下には花が置かれ、ちょうど、ビルとハワードのお墓に供えに行くところだった。

「どうしてこんな無茶を！」

ルイーズは怒った。バドはムッとした顔をして、

「一人で起きあがれる」と言い返した。

「カール、目を離しては駄目じゃない」

「わしが自分で言ったんだ。大丈夫だ。一人で立ち上がれる」

バドは杖を受け取ると、それにしがみつくようにして立ち上がった。

「どうしてそんなに頑固なの？」

「お前に言われる筋合いはない」

ルイーズは、頬を震わせると、

「心配して言っているのよ。どうしてそれがわからないの！」

下に置いた花を掴むと、背中を向けて墓地の方に行った。カールはバドを車椅子に座らせて、

「ルイーズが可哀想だよ」とこぼした。バドはわかっている、と言った。

「わしは最近どうかしている。まったく自分が自分ではないようだ。この足も、この体も。だが、これでいいんだよ。ルイーズはカリフォルニアへ行く。もしかしたら、向こうの方がいいかもしれない。帰ってこなければいけないなんて思わせたくない」

カールは、

「ルイーズは必ず戻ってくる」と言って車椅子を押した。

「そう思うかい？」

バドが振り返った。カールは頷いた。

それからバドは体を努めて動かすようになった。杖をついて部屋の中を歩き、天気のいい日には外にも出た。ルイーズの出発の日、見送りはいらないと言われたが、バドはフェリーの発着する桟橋まで行った。

「どうだい、ルイーズ。見違えるように元気になっただろう」

バドは笑顔を振りまいた。改札の前でルイーズは俯いて、

「体に気をつけて、バド」と言った。

「お前も、ルイーズ」

バドは、

「何かの足しにしてくれ」と封筒を渡した。ルイーズは要らないと言ったが娘さんのみやげ物で

も買いなさい、というバドの強い押しに負けた。

「カール、メアリ、バドをよろしくね」

荷物を両手にしたルイーズが改札の中に消えていくと、バドは目頭を抑えた。

メアリは、ルイーズから渡されたメモを見ながら、部屋の掃除からバドの薬の時間まできちんとこなした。

バドの右膝には水がたまったが、彼はその痛みに堪えた。少しでも動かなければいけない、と杖をついたが、その負担は悪くない足に影響を与えた。メアリが、

「見ていられない。どこかもっといい病院を見つけられないかしら」とカールに相談した。

カールもまたそう思っていた。そして今度、中央病院の方にいい外科医がいるから連れていきたいと言った。

「お金がいるかもしれないわね」

もちろん、カールにもその懸念はあった。

「だけど検査だけならそれほどかからないさ」

「私、少しなら貯金があるから出すわ」

二人は一つ屋根の下で生活した。夜になるとメアリは寄り添うようにしてカールのベッドに入

った。二人は静かに抱き合った。メアリは頬杖をつき、

「進学はどうするの？」と尋ねた。

「働くつもりでいる」

「成績が良くないから？」

「悪くはない。だけど行く気がしない」

「どうして？」

メアリは、黒人が優遇されて成績以上の大学に進学できることを知っていた。それだけではなく好成績をおさめると賞金のようにお金まで支払われることを。

「今がチャンスなのよ」

「何かが間違っていると思う」

カールは特権を利用して勉強しないクラスメートを知っていた。そのような仲間にはなりたくなかった。カールはメアリが肩を落として、

「わかったわ」と呟くのを聞いた。カールは頭が冴えて眠ることができなかった。

朝、カールが階下に行くと、すでにメアリはバドの面倒を見ていた。バドは上機嫌だった。メアリは杖をついているバドの腕を取ってテーブルに着かせるところだった。

「カール、コーヒーでいい？」

久しぶりにバドはミサをした。近所の人は疎らだったが、彼は気にしなかった。目には自信に満ちあふれた光りがあった。

カールは授業に出たが、練習を終えて帰る時間が待ちどおしい気持ちになった。誰かが自分の帰りを待っていることはカールに安堵感を与えた。チャーリーが引き留めて、

「精神病患者にも同じように生活する権利がある。病院に隔離することは彼らの人権を無視している」と演説をぶっても心を動かされなかった。

「そう思うのならそうすればいいさ」と答えた。

「市長は話のわかる奴さ。彼はやるよ。立派な紳士だ」

形ばかりの自由主義者の顔をした市長のことを言っているのだが、それによって解放された患者は引き取り手のないまま、路上をさまよった。チャーリーのリベラリズムは限度を越していた。誰かが叫べば市長まで踊る時勢だった。ホームレスに暖かい部屋を！　と圧力を加えれば豪勢なホテルに一時的に浮浪者を住まわせることが現実に起きた。

カールは、胡散臭そうにチャーリーを見詰めて、帰り仕度をした。チャーリーが、

「女の匂いがするぜ。気をつけな」と呼び止めた。

カールはハッとして腕に鼻を近づけた。そのような匂いはしなかった。たしかにメアリが来て

から、充実した雰囲気に包まれていたが、それによって何かが煙のように消えたのを感じた。

ルイーズが帰ってくる予定の日が近づくと、バドは今の生活に慣れてしまわないように意識して、朝はメアリより早く起きるようになった。メアリもまたあやふやな位置づけに戸惑い、以前のような熱心さは影を薄くした。カールは束の間の充実した生活が崩れていくことに少し寂しさを抱いた。しかし、これがあるべき姿だと思った。三人が揃って何かを待ちわびるようになったとき、電話が鳴った。

メアリとカールは揃って立ち上がり、そして廊下へ駆け出した。

カールは受話器を取ると、耳に聞こえる遠い声に向かって、

「ちょっと待って、メアリに代わる」と言った。

メアリはバドを呼んできて、と言ってカールから受話器を受けとった。

「どうなの、そちらの様子は？」

受話器から漏れるルイーズの声は弾んでいた。バドはカールに肩を支えられながら足を引きずり、

「ルイーズかい？」と受話器を当てがっているメアリに聞いた。

「バド、さぁどうぞ、思う存分話して」

彼女は微笑んだ。

「ルイーズ、私だよ」

それから二人は向こうのこと、そしてこちらのことを支離滅裂に話した。

「食堂に行っていましょう、カール」

二人は夕食の残りに手をつけるのも忘れて、「ルイーズは元気そうだった」「バドの様子、おかしかった」と話した。二人ともこれほど一つの電話が自分たちを変えるとは思わなかった。

「ルイーズは明日、戻ってくる。ラガーディアまで迎えに行かなくてはね」

「バドもきっと行くと言うよ」

「そうね」

二人はバドがどのような顔をして受話器を置いて戻ってくるか想像した。が、彼は姿を現さなかった。そのまま部屋に入ってしまった。メアリが、

「何かあったのかしら?」と心配した。

「見てこようか?」とカールが言うと彼女は急に暗い顔になって、

「一人にさせてあげて」と言った。

「何かあったのならバドは私たちに話してくれる。それまで待って」

しばらくすると、バドはにこやかな顔をして戻ってきた。

「どうしたんだね？　二人とも落ち込んだ顔をして？」

メアリは、

「何かあったの？」と尋ねた。

「何かって？」

「なかなか戻ってこなかったから……」

カールがそう言うと、おおらかに笑い、

「嬉しかったのだ。ただそれだけだよ。さぁ、明日は早起きをしなくてはいかん。わしはもう寝るぞ。カール、出迎えに空港まで連れていってくれ」と理由を話した。

事情がわかると二人は、笑顔を取り戻した。

次の日、空港まではバスを利用した。国内線のターミナルには、さまざまな人がいた。カールは次々と出てくる人を見ながらルイーズの姿を探した。ルイーズは両手に荷物をいっぱい持って人波の中を喘ぎながら歩いてきた。三人を認めると、

「ここよ。カール、バド、メアリ」

いつもの張りのある声を出した。

ハイ・スクール最後の年、カールは全米の選手権で優勝した。一躍、有名になり、大学から誘

いが来た。が、彼は断った。これ以上、アマチュアを続けるつもりはなかったし、大学の空気も合うようには思われなかった。

カールは実力よりも見てくれのテクニックに重点が置かれるアマチュアの試合を好きになれなかった。悪くいえば、どちらがうまくレフリーに気に入ってもらえるか、採点を気にして競争する騙し合いだ。

職場は市の清掃局を選んだ。チャーリーは呆れたというよりもそれを通り越して悲しんだ。

「自分から社会の底辺に落ちることはない。君は栄光を掴むことのできる距離にいるのに」

メアリもまた希望を打ち砕かれたように落ち込んだ。が、カールは平然としていた。ついてくる者がいればそれでいい。離れていく者がいても同じだ。カールは退寮するために荷物の整理をした。一方、バドとルイーズは、来月から預かる子供のために準備をはじめた。

十年間生活した教会に別れを告げる日、バドとカールはハワードとビルの墓に挨拶をした。

「時間が過ぎるのは早いものだ。まだわからないかもしれないが、人生には二つの道がある。一つは綺麗に舗装された道で、もう一つは穴ぼこだらけの道だ。人は皆、綺麗な道を行く。だが、人生は不思議なものだ。気がついたときには苦労して歩いた道が、光り輝いている。君の選択には賛成だよ」

バドは口元の皺を伸ばすように顎を掴んだ。

「今は時代の流れが早い。若者はすぐ手にできる幸せを求める。しかし、それは容易に掴んだだけあってすぐに消える。どうせ手にするのなら重くてしっかりしたものを選んだ方がいい」

バドはそれから寂しそうに微笑んで、

「たまにはここに顔を見せに来てくれ。私も君に会いたい」

杖を握りしめて立ち上がった。前にも増して彼の足はいうことをきかないようだったが、背筋はしっかりと伸びていた。

空は青く澄みきっていた。林の中を抜ける風が気持ち良かった。バドとルイーズに別れを告げ、カールはボストンバッグを一つ提げて道を下った。

6

荷物を積んだ船が汽笛を鳴らして水しぶきをあげてハドソン川をさかのぼって行く。マンハッタンの摩天楼を横にして流れる水は決して清らかではなく、濁ってどんよりとしているが、都会に生きる人間のさまざまな姿を映している気がして、カールはこの川が好きだった。

フェリーに乗ると、十年前の出来事が胸をよぎった。カールは頬から首のケロイドに触れ、病院からこの島へ渡ってきたときの寂しさを思い出した。

カールは窓際に行った。窓の向こうには自由の女神像が立っていた。それはあまりにも巨大に見えた。『自由』それはこの国の象徴だ。そして、その像と同じくらい見栄を張っているように思われた。

アパートは、アップタウンの地域で借りることにした。決して環境がいいとは言えないが、郊外やビレッジに住む気にはなれなかった。

荷物の整理はメアリと一緒にした。カールはバドから預かった手紙を彼女に見せた。それには母親のことが書いてあった。

カールは母親のモニカを恨んでいなかった。自分を捨てて好きな道を選んだ生き方を認めることができた。そのかわり肉親だという思いは希薄になった。メアリは手紙を読み終えると、

「お母さんに会うべきだわ」と勧めた。

母親の存在はすでに心の中から消えていたので、カールは会話をしなくても済む方法で承諾した。それは芝居を見に行く日程と予約した座席をあらかじめ手紙で伝えるというものだった。

その内容を記した手紙はメアリに任せて、カールは仕事を定時で切り上げてジム回りをはじめた。なるべく強い選手のいるところで、練習内容が近代的で、信頼できるトレーナーがいることが条件だった。

ジムには、腹の出たヘビー級でしか戦えないごろつきと、選手の稼ぎにぶら下がった、どのように見てもさえない経営者がいた。

カールは勘を頼りにジムの中に漂う神聖さを求めた。建物が古くてもそれに影響を受けていない真摯な目を探した。カールが選んだジムは、オリバーという老人がフロイドという若い選手を育てているブロンクスにあるジムだった。

彼らは貧しかった。リングにはシミがつき、ロープはたるんでいた。サンドバッグには破れた

穴を補修した布が当てられ、パンチング・ボールを吊るした天井は今にも落ちそうに歪んでいた。だが部屋は広く、メディスン・ボール、縄飛びの紐、筋力トレーニングに必要な器具は整っていたし、磨きかけられていた。

経営者はユダヤ人で背の低い男だった。カールを見てやる気があるのなら、と言っただけで強制はしなかった。

「辞めたい奴がいれば辞めればいい。ここは見ての通り薄汚い小屋を改造したジムだ。管理はそれぞれの人間にまかせている。練習の邪魔をする奴は辞めさせる」

カールは選手の数と、どのランクの者がいるかを確認した。

「二十人だ。今、練習をしているフロイドが、次の試合で勝てばおそらく協会のランキングに入る。世界チャンプになれるかどうかはわからないが、いい素質を持っている」

「トレーナーの数は？」

「私とオリバーだ」

カールは老人がリング上で軽やかなフットワークを使って、若い選手のパンチをミットに受けている姿を見て、

「なかなかやるみたいだが」と聞いた。

「いい素質を持っていたと聞いている。事故で怪我をしたそうだ」

カールは、対外試合をどのくらいのペースで組んでいるか、尋ねた。

「興業委員に顔がきく。強い奴にはチャンスを与える。三か月に一度の割合で当たらせる。海外でやるときもある」

「おもに？」

「はじめは地方での試合だ」

彼はちらりと目を光らせてカールを見詰めた。

「自信があるようだな」

カールは肯定した。

「若いうちは誰でもそうさ。ジムの案内書を渡しておこう」と机の引き出しから一枚を取り出した。

「その自信をなくさないうちにもう一度来るといい。三年経ってどん底まで落ちてなお這い上がる力があれば強くなる」

「明日から練習をしたい」

「前金で月謝を入れてもらえればかまわない」

カールはその場で金を渡し、練習生になった。

次の日、カールは体をほぐすために念入りに柔軟体操からはじめた。

「新入りかい?」

縄跳びをしている男が聞いた。

「ああ」

「世界チャンプになるつもりかい?」

「いや」

男は笑い、

「目標はでかく持った方がいい。後でスパーリングの相手をしてやる」と自信に満ちた目を向けた。

「お手柔らかに頼むよ」

「何年やっている?」

「高校のクラブで三年」

「じゃまだケツが青いな、名前は?」

「カール」

「俺はエディだ。その体じゃライト級か?」

「ウエルターだ」

「まだしぼり足りないぜ。減量すればライト級でやれる。今日の練習のメニューは？」

「筋力トレーニングを中心にするつもりだ」

「いいだろう。三十分したらリングに上がれ。スパーリングを三ラウンドしよう」

エディはミドル級だった。上腕部から胸にかけて筋肉が盛り上がっているので、かなりパンチ力があると見た。

カールは筋力トレーニングについていえば、プロレスラーのように相手を持ち上げるわけでも、関節技をかけるわけでもないので、軽い重量のものを数多くこなすようにしていた。速いスピードのパンチを出して、バランスを崩さない体を作るのが目的だった。

エディがリングに上がってカールに声をかけた。

フロイドの相手をしていたオリバーが観戦するためにリング下に椅子を持ってきて座った。カールがリングに上がるとエディは、

「いいか、思いきって打ってこい。手を抜くと承知しない」と睨みつけた。

オリバーがタイムをはかるためにストップウオッチを掴んだ。二人が離れると、ゴングを鳴らした。

カールはゆっくり前に進んだ。それから左に回り、相手の出方を窺った。左を軽く出す。エディのスタイルは闘牛を思わせた。緊張を漲らせて前後左右に揺れながら前進する。

突然、パンチが飛んできた。それはとても速く、ボディに突き刺さった。カールは体を折り曲げ、歯を食いしばった。すぐに連打が続いた。ボディから顔面へとエディは打ち分けた。カールは後ろに下がり、ショートレンジの左と右を顳《こめ》かみに浴びせた。的確に当たっているのだが、エディはさらに前に進んで懐へ入り込んだ。

カールはとっさにクリンチをした。だが、エディはクリンチを振りほどくのもうまかった。至近距離からアッパーとフックが飛んでくる。目の前が真っ暗になり、気がついたときには天井が回転していた。オリバーがのぞき込んで、

「大丈夫か?」と尋ねた。カールは全身の力が抜けているのに気がついた。

「まだ起き上がるんじゃない。いいか、ゆっくり深呼吸をするんだ」

オリバーがカールの頭の方に回って両脇に腕を差し入れて間隔を置いて引っ張ったりゆるめたりした。

「まだ、ぼうっとしているようだな」

オリバーが眉間に皺を寄せた。エディが、

「首を回してみな。いいか、ゆっくりだ」と指示した。

カールは言われた通りにした。痛みはなかった。

「上半身を起こして」

はじめて頭痛が頭の芯を貫き、カールは目をしかめた。口を開こうとすると顎が動かず、頬が引きつった。が、カールは、

「大丈夫だ」と我慢して答えた。

「悪かった。つい力が入りすぎた」

君の責任ではないと言いたかったが、喋ることができなかった。

「今日はこのくらいにしておいた方がいい」

オリバーがそう言って濡れたタオルを渡した。


次の日の朝、カールは脳外科の診察を受けた。脳波に異常はなかったが、顎の骨に軽い損傷を受けていることがわかり、その日は仕事を休んだ。ジムには仕事の都合で一か月ほど練習を休むと連絡し、カールは静養の傍ら読書に耽った。歴代チャンピオンの伝記から哲学書に至るまで広範囲に読んだ。メアリが職場から借りてくる本には啓蒙されるところがあった。思想は時代が変わるとともに過去のものを否定して新しいものを生み出していた。

はじめに何かを発見して導く者は天才かもしれない。そして、それが時代を変える。あるいは時代が変わっていることを知らせる。そうした小さな明かりが灯ると人々はその道を集団で進む。

ある日、カールが仕事から戻ってくると、部屋のドアには鍵がかかっていなかった。中に入ると、窓際に寄り添って外を眺めている婦人がいた。つばのついた帽子をかぶり、着ている服には刺繍が施され、スカートは足首まで伸びていた。一見して自分たちとは違う世界の人間だ、と思った。もしかしたら頭のいかれたバッグ・レディかもしれない。

「どうやって入ったんだ？　ここは君の家ではない」

カールは諭すように言った。女性は窓際から離れて帽子に手をかけて脱いだ。鼻筋の通った女性だった。カールは怪訝そうに睨みつけ、それからハッとして遠い過去の記憶を蘇らせた。

「ごめんなさい。外で待つつもりだったけれど、管理人に部屋の鍵を借りたの。ここに置いておくわ」

それから、

「本当に来るかどうしようか迷ったことはわかってほしいの。私が悪いことはわかっている。許されないことも」

カールは、

「別に悪く思っていない」と答えた。しかし、言葉の内容とは裏腹に口調には冷たい感情が表れていた。母親のモニカは背中を向けたまま凍りついたように立ち止まった。彼女は来るべきではなかったことを了解し、

「ごめんなさい」と言って、部屋を出た。

出口でメアリと出会い、二人は見詰め合った。メアリは状況を察すると、

「待って」と呼び止めたが、モニカは階段を駆け下りた。カールは窓際に立ち尽くしていた。メアリが、

「カール、あなたのお母さんよ。わかっているの」と声を張り上げた。

「わかっている」

「わかっていないわ。どうして?」

両親と死別したメアリにしてみれば、血のつながった母親との再会は大切なものだった。メアリは外に駆け出した。しばらくして、落ち込んだ表情をして帰ってきた。

芝居の前日、カールは見に行くのを止めよう、とメアリに言った。

「芝居に行くのは俺が息子だということを知らせるためだった。けれど、もう会ってしまったからその必要はなくなった」

「手紙に見に行くと書いたのよ。もしその席が空席だったら、がっかりするわ」

「もう一度、手紙を書けばいい」

メアリは呆れ返って、

「母親の気持ちを考えてあげて」と言った。カールはそれでも気が進まなかった。

ブロードウェイでは、一流の劇団から若いアマチュアの劇団まで、さまざまな舞台が上演されるが、一般的に後者の舞台をオフ・ブロードウェイと言い、モニカが出る芝居は演劇学校の卒業生によって七年前に結成されたオフ・ブロードウェイの自主公演だった。

カールが知っている芝居といえば唯一、ハイ・スクールの演劇部が上演した『セールスマンの死』ぐらいだった。演技自体がうまくなかったせいもあり、カールは演劇に対して興味を持てなかった。

芝居の当日、二人は地下鉄に乗って公演会場へ足を運んだ。

バラックを改造した建物の壁には落書きがされ、ポスターが貼りつけてあった。『ベトナムに平和を』『女性に権利を』そういった文字がスプレーでなぐり書きされている。また歩道には、長髪の若者がギターを抱えて座り込んでいた。

長いペンダントや銀の首飾りをした若者が、会場の入り口から列を作っている。中に入ると、天井に吊るされた照明の数と、むき出しになった鉄骨に異様な感じを受けた。

「どんな芝居かしら?」

メアリがパンフレットを広げて尋ねた。彼女はそこに載っている登場人物の中にモニカの姿がないか探した。

「見て」

彼女が指すところにはメイクを施したモニカが載っていた。

「主役よ」

カールは解説を読もうとしたが、暗いので読むことができなかった。わずかに漏れていた紫色の明かりが消えると、観客席のざわめきが吸い込まれるようになくなった。

やがて薄い明かりが天井から差し込むと、舞台の上で黒装束に身を包んだ人影が、波間を漂う流木のように揺れ出した。虫が羽ばたいているような音が忍び寄り、それはしだいに増幅し、同時に舞台の上を数本の光芒が飛び交いはじめた。エンジン音が混ざり、羽ばたきはヘリコプターのプロペラの響きになり、舞台を照らす光りは眩しく輝いた。

突然、銃声が四方から闇を突き抜け、舞台の人間は崩れるように散った。

しばらくすると、ヘリコプターのライトを表した光芒が、舞台の上をかすめた。音がフェイドアウトしていくと教会の鐘が厳かに響きはじめ、まるで遠くの空から朝焼けが訪れたように背景に照明が入った。うらぶれた衣装をまとった一人の女性が立ち上がり、悲しげな瞳を投げて見渡した後、両手を握り合わせて唄を歌いはじめた。

彼女の声は透き通っていた。宙に浮かんでいるように上半身だけ、光りが当てられていた。カールの目には母親のモニカだとは見えなかった。

場の進行は十分な間を置いて進められた。すべての明かりが消え、暗い闇へ落ちていくと、うって変わって日常生活の場面へ続いた。舞台にはテーブルが置かれ、周りには壊れた洗濯機やテレビが放置され、汚れたジーンズをはいた若者が、荷台だけが舞台の袖から出た車の後部に乗り、

「おい、マック、そこのスパナを取ってくれ」と言った。

「何だい？」

「スパナだよ。そこにあるだろ」

ラジカセに耳をつけていた男は、

「また故障かよ。まったく世話が焼けるぜ。もっとましな車が手に入らなかったのか？」と不平をこぼした。

「これでも新車だ」

「二年前にはな。だが、走ればネジは抜けて落ち、エンジンは止まる。のんびりドライブさせてくれたことは一度もなかった。いったいどうなっているんだ？」

「作った奴に聞いてくれ。俺はきわめて優しく運転したつもりだ」

若い女性が現れて、テーブルにティーポットを置いた。彼女は二人の言い合いに慣れているのか、気にも止めないで、

「お茶がはいったわよ」と言った。彼らは屑《くず》鉄屋の役回りだった。カールは、いつのまにか次にどのような台詞が流れるのか待つようになった。

「おい」

女性とマックという男がテーブルについてコーヒーに口をつけると、額に汗を流して修理し続けている男が言った。男は天を仰いで、もう一度注意しようかどうか思案した。

女性がマックに、

「今月の売上はどうにか黒字になりそうだわ」と話しかけた。

「ならないわけがない。いいかい、俺たちは何時間働いている？ 日曜日もなしだぜ」

マックの台詞を聞いて男は、

「それはこっちが言いたいね」と吐き捨てるように言った。マックは、

「新しい製品で壊れないものはない。消費者はすぐに買い替える。中にはまだ使える物もある。修理して売れればこちらは丸儲けだ」

「ねえ、店の名前を変えない？」

彼女は安い商品を供給できるリサイクル店であることがわかるような名前を提案した。

「いいね」

二人の会話を聞いて、男はさらに苛立った。

「おい、マック、いつになったらスパナを渡してくれるんだ？」

一幕目は三人の日常をなぞりながら亀裂を挟み、ついに男がマックと女性の元から去るところで終わった。三人はドロップアウトして自分たちの生活を求めていた。二幕目でモニカが、リサイクルショップを辞めた男の家庭のホームヘルパーとして登場した。彼女は、彼が幼い頃からその家に雇われていた。リサイクルショップを辞めた男は、ベトナム戦争に行くことを志願し、父親との仲が不和になっていた。ホームヘルパーの彼女は父親と彼のあいだに入って和解することを勧めた。カールは二人が過去の思い出に耽る場面に心を揺さぶられた。

志願したのだが、ベトナムに行くことの重圧と父親との不和に落ち込んだ彼は、幼い頃に聞いた唄を歌ってほしい、とモニカが扮するホームヘルパーに頼む。モニカはゆっくり舞台正面に歩き、そして詰まりながら歌う。

「そんなに悲しく歌ったんじゃベトナムに行けない。もっと楽しく！」

モニカが歌い終わると、

「必ず帰ってくるのよ」と手を取って、モニカは男に誓わせた。彼は約束して背中を向けて舞台から去る。上手では相棒のマックが、妻と子供をあやしている姿が浮かぶ。マックはリサイクル店を辞めて父親の縁故で就職を決め、幸せな家庭生活を築いている。

「あなたたちはそんなことをして後ろめたくないの！」とモニカが舞台下手で訴える。

「誰が苦労したと思っているの。あなたたちの幸せには犠牲になった人がいるのよ」

舞台では、その声とは関係なく温かい場面が繰り返される。モニカは祈りの言葉を捧げて天を見上げる。三幕目の出だしはベトナムから帰還した男がマックを訪れ、変化に戸惑いを覚える場面からはじまった。マックと妻は温かく迎え入れるが、その対応の仕方には作為があった。妻は昔話に花を咲かせている夫を呼んで、もう遅いから、と耳打ちした。

「そうだな」

「頭が変になりそうだわ。とにかく早く帰ってもらって」

「わかったよ」

照明が落ちていき、舞台の張り出しに男が歩み寄り、ベトナムでの生活を振り返る場面となった。再びプロペラと銃弾の音が流れた。

舞台が明るくなると、男は上手に歩き、職探しのために斡旋所の窓口へ行く状況が演じられるが望む仕事は得られず、男は下手へ引きさがる。故郷へ帰ると、父親はガンで入院しており、モニカ演じるホームヘルパーの姿はなかった。

「彼女の田舎は?」と彼は母親に聞いたが、母親はそれより、

「病院に行って父さんに会って」と言った。男はそのまま家を飛び出して、南部のモニカの故郷に向かう。

次の場面は黒人の若い娘が洗濯をしている貧しい民家だった。彼女は突然の訪問者にはじめは警戒するが、彼の話を聞くうちに打ち解け、そしてモニカのいる場所へ案内する。そこはさびれた墓地だった。彼は跪《ひざまず》いて手を合わせ、祈りの言葉を捧げる。

「戻ってきたよ。約束通り」

舞台が薄い闇に包まれ、そこにモニカの歌声が流れる。上手の後ろに彼女が浮かび上がる。

カーテンコールが終わるとメアリは、

「楽屋に行きましょう」と誘った。が、カールは断った。

「どうして。とてもいい芝居だったわ」

楽屋ではメイクを落として素顔に戻る。そこで会うのは母親であり、役者ではなかった。

「帰ろう」

カールは腰を上げた。メアリはあきらめがつかなかった。帰りの地下鉄で、メアリは理由を尋ねた。カールは、

「いい芝居だったからメイクを落とした役者には会いたくなかった」と答えた。メアリは、

「役者ではなくてあなたの母親よ」と言った。

7

顎の損傷は一か月で完治した。カールはランニングからはじめ、体を慣らした。オリバーが育てているフロイドの試合が行われる日、カールはジムに顔を出して観戦できるように取り計らってもらった。

観客の入りは満員だった。上から眩しい照明が輝き、白いマットを照らした。フロイドは緊張していた。マウスピースを入れた頬は膨らみ、目は大きく見開かれていた。レフリーが中央に呼ぶと、さらに表情は険しくなった。

二人は注意を聞き、睨み合った。コーナーに戻るのは相手が早かった。ゴングは、フロイドが戻ってきて前を向いたときに鳴った。

カールはできるなら早い回でけりをつけ、綺麗に勝たなければいけない、と思った。上を目指すのならここで悪戦苦闘していては先が思いやられる。

初回、フロイドは警戒していた相手の右ストレートを浴びた。それはダメージを負うほどのものではなかった。しかし、相手にいけるという自信をつけさせてしまった。

敵のスタイルは変則だった。だがフロイドの力をもってすれば速いワン・ツーでしとめるのはいとも簡単なように思われた。問題は中途半端な左を頻繁に出していることだった。三ラウンド目も同じような展開が続いた。カールは駄目だ、と思った。相手は執拗に右を伸ばしてきた。あの大振りなパンチのあいだにフロイドが相手の顔面にパンチをヒットさせることは簡単にできるはずだ。そう思っていた矢先に相手のパンチがフロイドの顎に突き刺さった。フロイドは傾き、そして片手をマットについた。

「立ち上がれ、何をしているんだ！」

一斉に観客が沸き上がり、緊張の糸が切れた。それからの敵の攻撃は見事だった。あっと言う間にフロイドをマットに沈めてしまった。経営者のトラビィスは頭を抱えて喚き散らした。

控え室に戻ったフロイドはタオルを肩にかけたままうなだれていた。力を出しきって負けたのならあきらめもつく。しかしそうではなかった。彼自身、なぜ負けたのかわからない様子だった。オリバーは次があるさ、と慰めた。カールは、オリバーに後を任せて帰ることにした。暗い道を歩きながら運命のようなものを感じた。カールはフロイドに次はない、と思った。上を目指す人間は五万といる。一度、破れた人間は再びその中で戦わなければいけない。

アパートに帰るとメアリが待っていた。彼女は機嫌がよかった。

「今日、お母さんに会ったわ。偶然だったの。スーパーで買い物をしていたら」

「スーパーで？」

「驚いたでしょう、私もびっくりしたわ。私のこと覚えていたみたいで声をかけてくれたの」

「どうしてこんなところに来ていたのかな？」

「友達のアパートが近くにあるって言っていたわ。芝居が終わったので足を伸ばしたみたい」

それから、と言って彼女は演劇雑誌を開いて母親が載っている写真を見せた。

「名演技だって書いてあるのよ」

カールは手にして目を通した。

「うれしくないの？」

「もう、会う必要はないんだ」

「それはよくないわ」

彼女は暗い表情をした。

「あなたのことをとても心配している。それだけではないわ。自分が邪魔者扱いされているのも知っている。彼女の気持ちをわかって」

「わかるけれど」

「じゃ、今度、家に来てもらっていい？」

カールは返事を躊躇《ためら》った。

「母親とは今のままでいいと思う。普通の母親と変わらなくなれば演技の質も落ちる」

「それはどうかしら？　現に家庭を持って活躍している役者はいる。家庭がその人にとってどのような影響を及ぼすかは、その人によると思う。それに私たちは生活を一緒にしようと言っているのではないわ。ときどき会うことにしましょう、と言っているの」

「わかっている」

「わかっていないわ」

「今日会ってどんな話をしたんだ？」

カールが質問すると、メアリは横を向いて口を閉ざした。しばらくしてから吐息をもらすと、どうしたら気持ちを変えることができるか、相談したと本当のことを打ち明けた。

「でも勘違いしないで。それはお母さんが口に出したことではないの。私から言い出したことなの」

「わかっている」

「考え直してくれる？」

「すぐにはできない」
「今でなくてもいいわ」

カールは練習をはじめると、肉体的にも一回り大きくなり、その分体重は増えたが、スピードは増し、反射神経は研ぎすまされた。

エディとのスパーリングも互角に戦えるようになり、カールの練習は注目を集めた。そろそろプロのテストを受けるべきだという声も聞こえた。

しかし、カールは焦らなかった。今は実力をつけるのが先だった。

当面の目標はエディだった。ミドル級でパンチ力はカールよりあったが、動きの速さはカールの方が上だった。以前は突進するのを止めることができなかったが、ジャブに体重を乗せることができるようになってから、カールのスパーリング内容は変わった。エディは前に出るのを躊躇うようになり、カールはおびき寄せるために隙を作って飛びこませる作戦をとった。

ついにエディはスパーリングを断るようになった。次はフロイドだと思ったが、自分からは言い出さなかった。当分のあいだ、カールはフロイドのスタイルを分析することにした。

フロイドは試合に負けてから一途に練習をしはじめた。その姿に戸惑いはなかった。見捨てられた犬が餌を探すように黙々と汗を流した。

フロイドは、観客が詰めかけている会場よりもジムでの練習の方がプレッシャーを感じないでできるようだった。試合に負けたからといって、フロイドの実力を甘く見るのは間違いだった。実際、スパーリングをした相手はことごとく叩きのめされた。オリバーとトラビィスはフロイドの力に目を見張った。

カールはフロイドと手を会わせる日が近いことを悟った。フロイドは相手がいないとカールを睨みつけ、ライバル意識をむき出しにした。だが今、フロイドとスパーリングをすれば感情的な打ち合いになるのは目に見えていた。カールはフロイドが冷静になるのを待つつもりでいた。

フロイドはその後、名もない新人と試合をして勝ちを収めた。当然のごとく彼は喜んでいなかった。再起戦にしては相手が弱すぎたからだ。

そして一か月後に組まれた相手は、ランキング五位の大物だった。もちろんその相手を倒せば金星となるが、役回りは相手が勢いをつけるために選ばれた駄馬だった。オリバーの心境は複雑だった。

スパーリングの相手にはエディが選ばれた。フロイドの表情には試合が近づくにつれ、追い詰められた野獣のような焦りが見られた。リング上でエディを追い回す姿に洗練さはなかった。フロイドは手当たりしだいに相手を変えようとした。

「カール、相手をしてくれないか？」

リングからフロイドが下りてきて、三ラウンドのスパーリングを申し込んだ。カールは拳を痛めている、と嘘をついて断った。フロイドは、

「そんなはずはない。今までサンドバッグを叩いていたじゃないか」と言った。カールはグローブをはずし、親指のつけ根を見せた。

「ここの骨が痛むんだ」

「チッ！」とフロイドは舌を鳴らした。

「エディ、おい、エディ」

エディはリングに上がったがやる気はなかった。防戦一方で動こうとしない。が、終了間際に放った唯一のパンチがフロイドをロープまで吹き飛ばした。

フロイドはロープによりかかったまま動かなかった。抜け殻のようになってうつろな目を投げた。オリバーが今日の練習はおしまいだ、と告げた。

その後のフロイドの調整は、先を急ぐばかりで細かい点を欠いていた。オリバーは、どのようにして精神的に落ち着かせるか思案した。カールたちは、練習を早めに切り上げる日が続いた。

ある日、エディは愚痴をこぼした。ビールを買って歩きながら飲み、

「奴はいかれている。自惚《うぬぼ》れている。あんな奴、どうなってもいい。俺には関係のないことだ。だいたい生意気だ。いつのまにか天狗になっている。入りたての頃は蚤の心臓って言われた奴な

んだ」

カールは、

「今でもそうだ。気が小さいから置かれた立場に耐えることができない」と言った。

「まるで心理学者だな」と言ってからエディは、

「どうしてボクシングをはじめた？」とカールに尋ねた。

「強くなるためさ」

「へへ、違うだろ」

エディは、そんな気持ちでやっている奴なんかいない。もしそうならお目出たい奴だと笑った。

「誰だって金が目的だ。チャンピオンになってぴかぴかの車を走らせて、いかした女を抱く。だが世の中そんなに甘くない。お前も俺と同じように十年後には回答を示される。今から後悔しないように努力することだ。俺は今年で三十になる。もう引退する年だ。人生、ボクシングだけではない。が、それを取ったら何も残らない。しがないタクシー運転手さ」

エディは力なく笑った。

フロイドは次の試合に負けて、ジムに顔を出さなくなった。噂では金銭上の問題でトラビィスと一悶着あったということだ。一方、辞めると言ったエディは引き続き練習を続けた。

フロイドが去った後、ジムには飛び抜けて強い者はいなくなった。若い選手は他にもいたが、エディほどのパンチ力、フロイドほどのスピードを身につけた者はいなかった。ようやくカールはプロのテストを受けることにした。難なく合格したのち、トレーナーにはオリバーがつき、試合の契約はトラビィスが取った。

初戦は、十二月の粉雪のちらつく寒い日で、ニューヨークの街は孤独な気配を漂わせていた。メアリには知らせなかった。相手はプロに入って三戦目のまだ体ができていない選手だった。一ラウンド目は様子を見て、カールは相手の出方を窺った。フットワークはぎこちなく、戦う距離を知らない選手だった。カールはわざと足を止めて相手にパンチをふらせた。以前、高校のクラブでジャックにしたようにチャンスがあっても攻撃しなかった。

一ラウンドの終了間際にカールはコーナーに詰められた。ゴングが鳴ったとき、相手の表情には自信が漲った。

二ラウンド目、カールははじめから攻撃に出た。パンチをはずしてカウンターを決め、速い動きで翻弄し、的確にダメージを与えた。相手は棒立ちになって、コーナーにつまった。ボディに連打を浴びせると、レフリーが割って入り、対戦者の戦意を確かめた。

試合続行の指示が出て、中央に戻ったとき、相手のガードは上がっていた。ボディを打つと見せかけ、右ストレートを顎にもっていった。相手は尻もちをつくようにして倒れ、そのまま後ろに両手を伸ばして大の字になった。

右ストレートはカールの得意とするパンチだった。真っ直ぐのように見えるが、捻って放たれていた。そうすることによって打たれた相手は、一瞬のうちに頭の芯まで痺れが走り、目の前が真っ暗になった。パンチは顎に当てるというより喉に食い込ませるようにして打つ。十分なスピードとフォロースルーが必要だった。

控え室に戻ったとき、カールの呼吸はすでに正常に戻っていた。オリバーとエディは、よくやったと肩を叩き、それ以上の誉め言葉は控えた。

カールははじめてファイトマネーを手にした。わずかな額だが、メアリと外で食事をし、ささやかに祝った。

メアリはどうして教えてくれなかったのか、と尋ねた。カールは、試合は一人でするものだから、と答えた。

「私がいると邪魔なの？」

メアリは意地悪い目をして尋ねた。

「そうかもしれない。でも君がいなくていいということではない」

カールは微笑んで、

「僕が君のそばにいたいと言って、トイレまでついてきたらどうする？」と聞き返した。メアリは微笑んで、

「そんな比喩が当てはまるの？」と言った。

「似たようなものさ」


次の相手との試合を控えた日、カールは仕事を早めに切り上げた。いつもより早い帰宅だったがドアには鍵がかかっていなかった。けれどもあのときのような不審な気配はなかった。テレビの音が漏れていたので、メアリが先に戻っていることがわかった。メアリはびっくりした表情をして玄関に走ってきた。

「カール、どうしたの？」

「お客さんかい？」

「お母さんが見えているの」

「母が？」

「ごめんなさい」

「別に謝ることはないが……」

カールは奥に入っていった。テレビを見て笑っていたモニカの顔が引きつった。彼女は、

「もう、帰らなくてはいけない」と立ち上がった。

「お母さんを恨まないで。私が来て、とお願いしたのだから」

カールは詮索するのをよした。メアリが母親と仲よくすることを自分と切り離して、気にしないことにした。

カールは、次の試合も二ラウンドで相手をマットに沈めた。一年のあいだに八回、試合をしてすべて三ラウンドまでにけりをつけた。

一年で得た金額は給料一月分に相当した。カールはバドの教会に寄付することにした。

トラビィスはもっと試合を組みたがった。カールを煽って、懐具合を計算して計画を練った。が、カールは冷静だった。オリバーを通じて期間を取るように申し入れた。

一方、エディはすべて勝つというわけにはいかなかったが、戦績は確実に以前よりも良くなった。エディは、上り調子にいるカールのおこぼれを拾うようにツキだし、カールの理解者となった。トラビィスが無理な日程を組むと、文句を言った。

「俺は先が見えている、あの老いぼれじじいに何を言っても損はない」と汚い仕事を引き受けた。

エディとスパーリングをしてカールは、エディが以前より強くなっていることに気がついた。

スピードで負けても、それを補う何かがプラスされていた。エディの目は光を宿し、パンチを受けた後の反撃が目に見えてしつこくなった。

九人目はパクという、カールよりリーチで十二センチ短く、身長は七センチ低い対戦相手だった。カールは八戦全勝、一方相手は二十戦して十二勝八敗の平凡な戦績だった。

セコンドにはオリバーとエディ、そしてトラビィスがついた。

いつもと違うところといえば客席に空席が目立ち、盛り上がりに欠けていた点だった。カールはリングの中央でレフリーから説明を受けているとき、細い目を光らせている相手を見詰めた。筋肉も引き締まっている感じは受けなかった。

一ラウンド目のゴングが鳴ると、パクはすばやい動きで中央に進んだ。見上げる目つきは獲物を狙う蛇を思わせた。パンチが届かなくても小刻みに体を揺らして短いジャブを出す。

カールは足を使わなかった。相手の動きに合わせて一定の距離を保った。一ラウンド目はジャブの手探りで終わった。

カールは頭の中で戦法を練り上げた。向こうのコーナーにいる相手の表情を見詰め、体つきを観察し、どこがウィークポイントか探った。パクの瞼は赤くなり、セコンドはそこに手当を施していた。

体のバランスを崩すには、今の戦法でジャブを額に当てるのがいいと判断した。低い姿勢の選手はそれで平衡感覚を失う。ボディと額を交互に攻めて揺さぶれば効果は増す。最終的には顎だ。ガードを固くしているので、不安を持っているに違いない。

カールは二ラウンド目がはじまると意欲的に攻めはじめた。が、ボディにパンチを入れるのは容易ではなかった。背が低いので前かがみになって防御の姿勢を取ると、隙間がなくなってしまう。カールは額にパンチを集中した。

前のラウンドよりもパクは動かなくなった。額に当てると予想した通り体のバランスを崩した。その回、パクは額を切った。

「奴はタフだ。油断するんじゃない」

インターバルのあいだ中、エディはコーナーに座っているパクを見詰めてカールに指示を出した。

「とにかく今の戦法でいくんだ。そのうちにガードが甘くなる。そうなったらボディと顎を狙え」

カールは次のラウンドも額を狙った。パクは打たれても前に出た。上体の揺らし方が巧妙でカウンターを入れることはできなかったが、確実にパンチは額の上の傷を広げていった。

そのラウンド、カールは思いきった右ストレートを浴びせた。パクは後ろにのけぞり、バランスを崩した。が、すぐ元に戻った。

カールは同じ攻撃を繰り返した。一発目が当たるとロープに詰めて連打を浴びせる。汗が飛び散り、鈍い音とともにパクの顔面が歪む、が、パクは倒れなかった。

瞼は赤く腫れ、血が飛び散り、立っているのが精いっぱいに見えた。が、それがダメージから来ているのか、技巧なのかつかめなかった。四ラウンドになると、さすがにカールは疲れを感じた。そして、相手の精神力に恐れを抱いた。

『どうして倒れない?』とカールは自問した。パンチが当たると、骨が軋むような音をたてて揺らぐが、パクはそれでも歯を食いしばって前に出る。カールはそのラウンドでケリをつけるつもりでいた。が、パクはパンチが当たっても飛び跳ねるようにして後ろに下がって体勢を立て直した。もしかしたら意外にバランスを崩していないのかもしれない。体が固い選手なら打たれればガードはバランスを取るために位置がずれる。けれどもパクは変わらない。

ストレートは的確に当たった。リーチとスピードの差だった。瞼から流れる血はその度に汗に混じって飛び散った。

次の回、カールはようやく相手の足がふらついたのを目にした。それは一瞬だったが、確かにパンチが効いていることを証明した。

もうすぐだ。距離を縮めて詰めに入ろうとすると、アッパーが飛んできた。それは危うくカールの顎を捕らえるところだった。カールは離れてジャブを放った。軽く手を出しただけのパンチにも相手の頭は後ろにのけぞった。

ゴングが鳴ったとき、カールは疲れ果てていた。

カールはエディに、

「どうして敵のセコンドは試合を止めないんだ？」と怒りをぶちまけた。

「効いていないと思っているのさ」

「そんなはずはない」

「テンカウントが数えられるまで打つんだ」

エディは言った。そして相手のコーナーを差し、

「奴はまだ元気だ。見てみろ。俺も前にあんな奴と対戦したことがある。油断すると逆にやられてしまう。奴はお前が手をゆるめるのを待っている。次の回で倒すんだ」

「わかった」

カールは再びパンチを打ち込んだ。エディが忠告したことは間違っていなかった。隙を与えるとパクは素早く反撃し、余力のあることを示した。

短いパンチでガードを揺さぶり、顔面、そしてボディへ、カールは猛然と攻撃をかけた。

血が飛び散り、キャンバスを赤く染めた。観客席から悲鳴に似た声がもれる。カールはしだいにパクの目が灰色に濁ってくるのがわかった。

そして、ついにパクの顎がカールのパンチで捻り上げられた。レフリーは倒れたパクの状態を見て、すぐにゴングを鳴らさせ、試合を終了させた。下からドクターが駆け上がり、救急処置を施した。パクは意識をなくしていた。カールはコーナーから痛々しげな視線を送った。

「大丈夫だ」

エディが言った。向こうのセコンドがパクの近くに駆け寄り、

「タオルを冷やせ、おい、担架だ」と騒ぎはじめた。

「行こう。いいかい、こういうときには長くいてはいけない。後は医師に任せればいいんだ」

エディは、カールの腕を取ってリングから下ろさせるために引っ張った。控え室に戻ってからしばらくすると、オリバーがやってきて、

「大丈夫だ。軽い脳震盪を起こしただけだ。あまり気にするな」と報告した。

「どうして彼はあんなに無理をしたんだ?」

「そういうスタイルだ」

エディが答えた。

「打たれる人間は強い。そうした相手に対しては徹底的に攻撃するしかない。もし止めれば、こちらが敗者になる」

「敗者にはならない。判定になるだけだ」

カールは忌々しげに呟いた。

「違う。そうした人間はお前まで引きずり込む。いいか、この世界は崖から落とすか落とされるかだ。油断をすれば足を引っ張られて道連れにされる。同情を差し挟んではいけない」

「俺はどうして続けさせたのかと聞いているんだ?」

エディは唇を噛んで、

「優勢に進めている俺たちにタオルを投げろ、と言うのか?」

「そうじゃない」

「敵のセコンドはどこまで耐えることができるか知っていた」

そして、エディは、

「彼には余力が残っていたはずだ」と確信を持って言った。

「お前が本気になって倒そうとしたらクリンチをはじめた。本当にダメージを受けていたらできなかったはずだ。攻撃の手をゆるめさせるために効いている振りをしていたんだ」

カールには、説明しきれない何かが後味の悪い思いとなって残った。

その日は家に帰ってからもパクのことが気になった。カールは、俺のパンチは効いていなかったのだろうか? と試合を振り返った。クリンチされたときの力は確かにダメージを受けている人間のものではなかった。

カールはあのアッパーを思い出した。エディの忠告を聞いていなかったらまともに受けたかもしれない。

エディが言うようにこちらを油断させる作戦だろうか？　が、そこまでして、勝とうとするものは何なのだろう。カールは理解することができなかった。

目を閉じると、パクがマットに沈む前に見せた疲れ果てた表情が蘇った。

カールは容赦なくパンチを浴びせていったことに自責の念を抱いた。

オリバーは軽い脳震盪を起こしただけだと言ったが、果たしてそうだろうか？　俺は完全に相手が戦意を喪失したのを知っていた。どうしてそこで止めなかったのだろう？　カールは目を閉じて「担架だ、担架を用意してくれ」とセコンドが叫んでいたのを思い出した。そして、血染めのマットが浮かんだ。最後のパンチを出したとき、相手はガードを下げて試合を放棄していた。

そこにストレートを放った。

あのとき、どのような感情を抱いていたのだろう。ただ夢中に試合をしていただけだろうか？

パクの灰色に濁った目は負けを認めていた。が、俺はそれでも内にくすぶる闘志を表に出した。しかし、それは闘志ではなくて憎しみだったのかもしれない。

何度パンチを当てても倒れず、ダメージを受けているのかどうかわからない表情に憎しみを抱いたのかもしれない。

確かにあの段階まで試合を続けさせたのは、レフリーの判断ミスだ。しかし、戦意喪失した相手を叩きのめしたのは俺の犯した過ちだ。

カールはメアリが用意した食事に口をつけた。オニオンスープとサラダ、肉料理はカロリーを取りすぎないように少な目だった。

メアリが、

「どうしたの?」と聞いた。

「試合のことを考えていたんだ」

カールは話した。

「今日の相手はタフだった。打たれても打たれても前に出た。どうしてそこまで我慢したのか考えていた」

彼女は手を伸ばしてカールの手を包み、

「大丈夫よ」と力づけた。

「後味のいいものではない。どうしてあんなになるまで攻めてしまったのか考えていた。結局……」

カールは、「それは憎しみだったんだ」と打ち明けた。

「知っている相手だったの？」

「いや、はじめてだ。だがリングで顔を合わせたとき、互いに嫌悪し合っていることがわかった。両方とも相手の存在を認めていない嫌悪感だった」

「どうするの？」

「どうするって？」

「これからも続けていくの？」

カールはしばらく考えた。これからもそのような相手と対戦し、一つひとつ勝つに従い、恨みを買い、憎まれていく。けれどもそれはボクサーの宿命だ。

「続けていく」とカールは答えた。

彼女は目を伏せて、

「わかったわ」と呟いた。

その夜、カールは夢の中で足にすがりつくパクを振り払い、パンチを顔面に突き刺した。レフリーが止めに入ったが、攻撃を止めなかった。観客からはヤジが飛んだ。コーナーからエディが止めろ！　と声を張り上げる。だが、聞き入れず、相手の上にのしかかった。まだだ。パクは余力を残している。カールは相手がリングに伸びるまで打ち続けた。レフリーが、

「反則だ。離れろ」と割って入った。カールは後ろからレフリーに羽交い締めにされた。

「放せ！　パクはまだ戦える。騙されてはいけない。余力を残しているんだ」

観客席からは、

「もう止めろ！　パクは戦意をなくしているではないか」と声が上がった。カールはリングサイドを見詰めた。そこにはパクのセコンド陣がいた。観客に混じって目を光らせて見詰めている。

パクは起き上がり、そして、憎しみを込めた目で睨みつけ、にじり寄ってきた。カールは自分が間違っていなかったことを知り、パクはまだ戦える、と観客に訴えた。

「それがどうした？」

観客はパクの味方になった。レフリーはカールの背後から羽交い絞めを続けた。カールは、身動きがとれなかった。ボディにパンチを入れられると、苦痛に顔をゆがめた。観客は沸き上がった。

「いいぞ。叩きのめせ！」

「おい、これじゃ戦えない。離せ。レフリー、何をしているんだ！」

パクがうすら笑いを浮かべて、

「思い知らせてやる。いいか、このパンチはお前から受けたのと同じ額へのストレートだ。それから、顎にもフックを入れてくれたな。次はそいつをお見舞いだ」

カールはおびえた。ノーガードの顎を狙うつもりでいる。観客は固唾を呑んで悲鳴を上げるのを見守る。カールが逃げ腰になって、止めてくれ！　と叫ぶのを今か今かと待ちわびている。カールは足が震えた。『やられる』と思って顔をそむけて目を閉じる。レフリーは、羽交い締めにした両手に力を入れて締め直した。ヒュッと空気を切る音が頬の辺りにしたとき、カールは目が覚めた。部屋の中は真っ暗で、窓の下の通りを走る車の音がして、その後は静まり返った。メアリはぐっすり眠っていた。

背中に汗をかいていた。カールは火照った体を冷ますために窓辺に寄って外の空気に触れた。窓の下の歩道の隅にうずくまるようにして一人の浮浪者が眠っているのが見えた。

『俺は臆病者だ』

もしかしたら、あの浮浪者のようにどん底まで落ちなければいけないのかもしれない。俺は倒すことも倒されることも恐れている。

次の日、ジムに顔を出すと、新聞が長椅子に置いてあった。カールは腰を下ろすと、拾い上げて目を通した。

スポーツ面をめくると、中段より下のところに昨日の試合のことが出ていた。読み進むにつれて顔から血の気が引いた。

『若手ボクサー、意識不明の重体。昨日行われたウェルター級の試合でパク・ジョンソンは、カール・シモンズ選手のパンチを受け、試合後、救急車で病院に運ばれたが意識不明の重体。試合は六ラウンド、カール・シモンズ選手のノックアウト勝ち』

横には試合の模様を伝える小さな写真が掲載されていた。カールは新聞をわしづかみにしてジムを出ると、公衆電話から搬入先の病院を新聞社へ問い合わせた。住所を聞き、地下鉄を乗り継いで、病院の窓口に行くと、受付には人だかりがしていた。前の方で肘をついて問い合わせをしている婦人の横から、「すみません」と言って割り込んだ。受付の女性は並んでください、と注意した。カールは、どこかすいている窓口はないか辺りを見回した。そのとき、通路を歩いてくるオリバーの姿が目にはいった。数人の男と話し合っていた。彼らは軽く握手をして別れた。

集団の後ろから肩を支えられて歩いてくるのはパクだった。パジャマの上にジャンバーを羽織っていた。目の上の傷には絆創膏が貼られ、瞼は腫れ上がっていた。

オリバーがカールに気づき、険しい顔をした。オリバーはパクが出口から出ていくのを見守ってから、カールの方に歩いてきて、

「どうしてわかったんだ?」と聞いた。カールは新聞を差し出した。

オリバーは、

「記事は大げさに扱っている。意識は昨日のうちに戻った。脳波に異常はなかった。心配するな」と背中を骨ばった手で叩いた。

「これからもこのようなことがあるかもしれない。もちろん、あってはならないことだ。だが試合はぎりぎりの線で争われる。後のことはこちらに任せればいい。昨日の夜はエディもトラビィスも一緒にいた。いい奴らだよ」

オリバーは日焼けして黒く光った額に皺を刻んで、笑顔を見せた。前歯は欠け、唇のはしには往年の激しい試合を思わせる傷がついていた。オリバーは新聞を引き裂き、こんなものは読むんじゃない、たとえスマートな試合をしてもだ、と忠告した。

「新聞に名前が出ると誰でも浮かれ、そして、やらなくてはいけないことを忘れる」

オリバーは新聞をゴミ箱に捨て、食事でもしようと誘った。


パクとの試合のことがようやく頭から離れた頃、ジムに長髪の男が現れた。チャーリーだった。彼は大学に進み、経済学を専攻していた。手にはスポーツ雑誌を掴んでいた。

「変わらないね。僕はごらんのようにもうボクシングを止めてしまった。君のことはすぐにわかったよ」

チャーリーは練習が終わった後に時間がとれないかと誘った。

カールとチャーリーは、ファースト・フードの店に入り、コーヒーを注文した。

その日の会話はハイ・スクールの思い出になった。カールは忘れていた記憶を取り戻したが、チャーリーのように夢中にはなれなかった。

「もしかしたら、今日誘ったのは悪かったかな。そうだったら謝るよ。僕はただ」

カールは、そうではないと言って遮った。

「過去のことはあまり思い出さない主義なんだ」

「嫌なことだからかい？」

「いいことも嫌なこともすべてだ」

「なぜ？」

「まだ年老いていないからさ」

「僕は君を誇りに思っている。たとえ短い期間であったにせよ、同じ時代を過ごしたということが」

「大げさだよ。チャーリー。僕は今でも君を友達だと思っている。それで十分さ」

「そうだけれど」

チャーリーはまだ何か言い足りないらしかった。

「また以前のように会いたい。もちろん、君の練習の邪魔をするつもりはない。空いている時間でいいんだ」

「だけど、今ではお互い違う世界にいる。時間が合わない」

「君の試合が見たいんだ」

それなら、とカールは試合が組まれたら教える、と言った。

「学生生活はどうだい？」

カールは話題を変えた。チャーリーは、

「ハイ・スクールのときが一番だった」と答えた。

「あの頃君は過激だった。覚えているかい？　ジャックたちが黒人を差別すると、君は怖い連中を連れて部の練習を妨害した」

チャーリーは笑みを取り戻し、

「当然のことだった」と振り返った。

「顧問まで俺たちの肩を持つようになった。アレックスまで試合に出させた」

「君は二位になった。だけど勝てた相手だった」

「それは違う。向こうの実力が上だった」

「そうは見えなかった」

「贔屓《ひいき》目に見ているからさ」

その晩、遅く帰るとメアリは読んでいた雑誌を膝の上に置き、

「今日、アルバートに会ったわ」と言った。

「何だか待ち伏せされていたような気がする」

「話しかけてきたのか？」

「ええ、笑顔をふりまいて。あなたのことを誉めていたわ」

「人殺しに誉められてもうれしくない」

「アルバートは気がついているんじゃないかしら？　私たちが疑っているのを。何だか悪い予感がするわ」

「気にしないことさ」

「賦に落ちないの。私たちが一緒にいるって知らないはずなのに、こんど君たちのアパートにおじゃましたいって言うの。もしかしたら様子を探っているのかもしれない。どうしたらいい？」

「知らない振りをしているんだ」

「知らない振り？」

「そう」

「私にはできないわ。彼を見るだけで背筋に冷たいものが走るの」

「気づかせてはいけない。わからないままにしておけば危害は加えない。不安な気持ちを抱いたまま、周りを嗅ぎ回るだけだ。こちらは近づく足音を確実に聞きつけて注意を払えばいい」

メアリは警察にすべてを話してみては、と持ちかけた。

「相手にしてくれない。もう済んでしまったことだし、証拠がない。起訴することはできない」

「アルバートは変わったわ。もう臆病なアルバートではない」

ハワードの死を知らせるために手紙を出したので、カールはアルバートが勤務している会社の住所を覚えていた。ウエストサイドのコロンバス通りだった。一度行ってみるべきだとカールは思った。メアリは、寝る前に母親から電話があったことを打ち明けた。

「明日は早く帰ってこれる?」

「わからない」

「約束しているの。三人で食事をするって」

カールは返事をしなかった。

「早く帰ってきて」

メアリは小さな声で言った。

次の日、カールは仕事を終えると、練習は休みの日だったが、ジムに行った。カールは長椅子に寝そべって目を閉じた。時間だけが過ぎていった。

「早く帰ってきて」と言ったメアリのことを思い出しながら何かがしがみついてくる煩わしさを感じた。もし俺が戻らなければ、メアリは悲しむだろうが、いなければいないで何かをあきらめるに違いない。カールは部屋に戻る気をなくした。

掴みたいものが近づくかどうかは、自分の位置によって決まる。もし位置を変えれば別の現実が覆いかぶさってくる。

ジムの中にタイムをはかる時計盤の針だけが、かちかちと音をたてていた。その音を聞いているうちに心臓の鼓動が速くなりだした。心拍数は異常な速さなのだが、体に負担はなかった。カールは急に足の方から体がはがれていく気持ち悪さを抱いた。逃げていく自分を引きとめるようにしがみつこうとしたが、浮き上がる感覚は足から胸へ伝わり、手を離した風船のように体全体が持ち上がった。次の瞬間、目の前にはめまぐるしく変化する渓流の姿が映っていた。

川筋は曲がりくねり、谷間には疎らな木が生い茂っていた。川の中には鮭がひしめき合って上流を目指していた。笊《ざる》で鮭を捕まえて、赤く膨れた腹から卵を出している男がいた。そこを過ぎて飛び続けると頑丈な木で造られた橋が見えた。

橋へ続く道は舗装されていない土の道だった。橋の手前には壊れかけた平屋の小屋が建っていた。カールはその横に立った。

突然、橋を渡るべきだと一人の女性が背後で告げた。一度も見たことのない顔だが、自己主張の強そうな若い女性だった。

その女性は、カールを先導して橋を渡りはじめた。橋の向こうには険しい山が続いていた。道は切り立った岩場を削って裏の方へ延びていた。橋の三分の二まで行ったところで、『何をしているんだ！』と言う声が内から発せられた。

カールは足を止めた。そして逆方向に走り出した。連れていこうとした女性は、顔を引きつらせて、

「戻れ！」と叫び、侮辱する言葉を投げつけた。

カールは駆けながら再び体が何者かによって強烈に揺すられるのを感じた。肉体に戻れ、と教えていた。心臓の音が大きく打ちはじめている。

カールは意識を取り戻した。老眼鏡をかけたオリバーがのぞき込んでいた。

「どうした？　こんなところで寝ていたら体を壊す。しっかり自分の体を管理しなくてはいけない」と言った。

オリバーの瞳には鋭い光があった。

アパートに戻るとメアリが、食事の後片づけを済ませたところで、カールに咎めだてする目を向けてから、

「夕飯は？」と元気のない声で尋ねた。

「食べてきた」

「さっきまでお母さんが見えていたわ」

カールは、悪かったと言い、居間に行ってソファに腰を下ろしたが、くつろげなかった。

テーブルに手を伸ばすと母親が持ってきたらしい不動産物件の雑誌が置いてあり、カールはそれをぱらぱらとめくり、苛立たしげに閉じた。

テーブルに置かれた雑誌をメアリは本棚にしまった。彼女はテレビをつけた。

「今は見たくないんだ。消してくれ」

カールは苛立たしげに言った。

「気分転換にいいと思ったの。ごめんなさい」

コーヒーでも入れましょうか？　とメアリは勧めた。カールは首を振って目を閉じた。そして、どうして俺はこれほど母親を毛嫌いするのだろうか？　と考えた。

カールは台所で物音がする度に神経を尖らせた。カールは立ち上がると上着を掴んで外出する支度をした。メアリが、

「どこへ行くの？」と聞いた。

「少し外を歩いてくる。すぐ戻る」

彼女は、

「遅くなるようなら電話をして」と言った。カールは返事をしなかった。

カールはバーで強い酒をあおった。閉店時間まで飲み、外に出るとカールは両手を広げて夜空

をあおぎ、

「俺は一人だ！」と叫んだ。

通りに人の気配はなかった。ゴミ箱につまずき、街灯にぶち当たって倒れた。

『俺は一人だ。誰も近づくんじゃない！』

夜空から冷たいものが落ちてきた。彼は口を開けて首を振った。

はじめは大粒の雨がぽつりぽつりと路上に落ちていたが、すぐに土砂降りになった。彼は笑いこけた。服はずぶ濡れになり、アスファルトの上は川のように黒い流れを作った。カールは今、どこにいるのかわからなかったし、知ろうともしなかった。

『もうどうなってもいい』

両手をひろげて大の字になった。リングの上では決してしなかった姿を思う存分、許した。

雨が顔に容赦なく叩きつけてくる。途方もない闇が上から覆いかぶさってくる気がした。カールはそのまま気を失ったように動かなくなった。

しばらくして、体が冷えているのに気がつき、立ち上がった。が、足元がふらつき、また座り込んでしまった。

酔いが覚めてくると、どうしてこんなことをしたのか、わからなかった。ボクシングのことも母親のことも忘れて、休養をとることが必要だと感じた。

アパートではメアリが心配そうに窓の外を見詰めていた。時計を見ると、午前一時を過ぎている。窓ガラスには雨筋が伝っていた。メアリは傘を持って外に出た。

カールの姿は、二ブロック先まで探したがなかった。ときおり、雨を避けて建物に沿って駆けていく姿があったが、カールではなかった。メアリはどうしようか、と迷った。探す当てはなかった。

建物の影で身をひそめて眠っている浮浪者がいた。

また、ある建物の影ではタバコを吸う明かりだけが、赤くなっては消えた。

メアリは歩調を速めた。ガタッと音がすると、彼女は一目散に駆けはじめた。後ろから追い駆けてくる足音が雨に混じって聞こえた。彼女は、

「カール！」と助けを求めた。背後から追いかけてくるのは、黒い服を着た男だった。しかし、アパートの下まで来ると、後方に人の姿はなく、雨だけが暗闇の中に水しぶきを立てて打ちつけていた。

心臓は激しく胸を打ち、頬を伝う雨は涙と混じった。彼女は髪をかき揚げ、目を凝らした。街灯の明かりを受けて反対側の歩道を歩いてくる姿が目にはいった。

メアリは駆け出した。カールを正面から抱きしめると水が滴り落ちるほど濡れていた。メアリ

は震えながら、自分が悪かったことを伝えた。そしてカールの口からも同じことが伝えられるのを聞いた。二人は寄り添うようにして歩き、アパートの階段を上がった。

カールはかけがえのないメアリを愛おしく思い、大切にしなくてはいけないと気がついた。一方、メアリは自分を犠牲にしてでも彼のための家庭を作らなければいけないと思った。次の日、メアリは熱を出した。カールは心配だから仕事を休もうとしたが、

「お願いだから出かけて」と促がされ、出社することにした。カールはその日からメアリに試合の日程を教えるようになった。メアリは翌日から図書館に勤務した。

ある日、ジムでオリバーが気まずい顔をしていた。次の対戦相手が決まったのだった。エディはサムエル・ジャクソンという名前を聞くと驚いて、

「まだ早すぎる。奴は強い」と言った。カールは、

「強いからやるのさ」と落ち着いて答えた。

「そうだが……」

「勝つことができない相手ではない」とカールは言った。

しばらくして、チャーリーもまたジムに来てサムエルを同じように評した。

「彼は強い。何人、病院送りにしたかわからない」

「関係ないさ。俺は勝つよ」

チャーリーは顔を曇らせて、

「彼のことを知らないからだ。いいかい、彼の後ろにはある団体がついている」

「後援者かい?」

「黒人のグループさ」

「俺には関係がない」

チャーリーはしばらく考えてから、

「知っているグループなんだ」と打ち明けた。カールは呆れ返った。チャーリーは気まずい顔をして、

「このあいだ、彼はリング上からパフォーマンスをやってのけた。次は、カール、君を倒すってね」

「それで?」

「つまり、彼はマスコミを操っているんだ」

「勝手にさせておけばいい。肝心なのは試合に勝つかどうかってことだ」

カールは咎める目で睨んだ。チャーリーは、

「今日のことは悪く思わないでくれ」と足を引きずりながら出ていった。

サムエルはスピード、テクニックともにカールを上回っていた。試合は十ラウンドで行われ

る。専門家とスポーツ紙はどちらが強いか、二人の今までの戦績を元に分析した。

サムエルは自ら次のチャンピオンは自分だと豪語し、カールを侮辱する言動をとった。

「奴の顔を見たことがあるかい？　頬に傷跡がある。少年の頃、スーパーで万引きして折檻を受けたからだ。奴は黒人の屑で俺は英雄だ」

カールはラジオにサムエルと出演する依頼が来ていることを知らされた。トラビィスに断るように言って練習をしたが、精神を集中することができなかった。

不快な気持ちを抱いているのはエディもオリバーも、そしてトラビィスも同じだった。カールは落ち着かなければいけないと思った。これでは試合をする前からストレートパンチを顔面にお見舞いされたような状況だ。はじめて、カールはキャンプを郊外で張ることに決めた。参加したのはエディ、オリバー、そして若手の中で反射神経のいいロブだった。

試合の前日までカールは髭を剃らないことにした。着るものも粗末なものにし、練習に着用するトレーナーは破れたものだった。カールは頭の中から仕事とメアリのことを綺麗に洗い落とした。考えるのは対戦相手のサムエルのことだけにした。計量のとき、カールはサングラスにマスクという出で立ちで現れた。トラビィスが、

「風邪気味なので」と周りに説明した。先に計量をパスしたサムエルは、

「四ラウンドまでに倒してやる。いいか、今のうちにご挨拶したい連中には会っておくんだ。お

前の顔はひどく腫れて人に見せられなくなるからな。サングラスをとりな。目が見えなかったと後から言い訳するつもりじゃないだろうな。怖くなって止めるのなら、今のうちだ」

記者たちも集まっていた。彼らはサムエルの大ぼらを記事にするために来ていた。

「四ラウンドまでに倒しますか？」と記者がサムエルに聞いた。

「馬鹿言っちゃいけない。奴がそれまでもてばの話だ」

「もし五ラウンドまでもったらどうします？」

「そのときはお前を倒してやるぜ」

彼は記者に食ってかかった。

「次のチャンピオンは誰だ？」

彼はとりまき連中に大声で吠えたてた。

「サムエル」

「そうだ。この俺だ」

カールは絶対に相手の予言は的中させない、必ず最終ラウンドまで持ち込んでやる、と心の中で誓った。

カールは殴られても殴られても前に出たパクの姿を思い出した。今回は自分がそのようになるかもしれないと思ったが、それでもかまわなかった。

『俺は殴られても前に出て、そして一瞬の隙をついて相手にパンチを打ち込む、ただそれだけのためにリングに上がるボクサーだ』


試合会場は満席だった。サムエルはすでに観客を煽り立てていた。

セコンド陣がリングから下りると、レフリーは中央にカールとサムエルを呼んで、ルールの説明を行った。いったん、二人がコーナーに戻ってから、試合の開始を告げるゴングが鳴った。

サムエルは素早い動きで距離を縮めてきたが、カールは一定の距離を保って後退し、ロープを背にしないようにして回った。観客は息を呑んで二人の動きを見守った。

サムエルの放つ左ジャブは今まで対戦した誰よりもスピードがあった。カールは押され気味に後ろに下がり、ガードを堅くした。グローブの上から感じるパンチには重さがあった。カールは背中にロープが触れると、クリンチをした。

サムエルは振りほどくためにもがいたが、すぐに作戦を変え、レフリーの指示を待つ体勢をとった。

ＫＯを狙ってくる相手には焦らせる意味で効果があるので、クリンチはエディを相手にかなり練習したのだが、カールはサムエルが無理をしてクリンチをほどこうとしなくなったことから、こちらがそうした練習を積み重ねてきたことに気がついたに違いない、と思った。

カールはローブローぎりぎりのパンチ、クリンチをしたときに相手の側頭部に入れるパンチを使った。サムエルは、今までと違うカールの戦法に一ラウンド目はパンチを入れようと自分のスタイルで望んだが、二ラウンド目からは戦法を変えてきた。

足を使い、クリンチをさせないようにヒット・アンド・アウェイに出た。カールはガードを固めて、相手の隙を窺った。

サムエルはカールが防御の姿勢を取ると、パフォーマンスを演じて観客にアピールした。手をぐるぐる回し、かかってこいと誘いをかけた。

彼はそのような行動でカールの作戦に乗らないようにするつもりだった。

カールはサムエルの動きがさらに速くなるのを感じた。が、それは囮《おとり》の動きで、距離をおいたときに注意をはらう必要はなかった。ゴングが鳴ったとき、観衆はサムエルに歓声を送った。サムエルはグローブを頭上に挙げて優勢を誇示した。

「奴の動きにまどわされるな」

エディが耳元で囁いた。

「左の後の動きに警戒しろ。いちばん怖いのは右だ」

カールは顎を引いて頷いた。オリバーは、

「奴を焦らせるんだ」と指示を出した。

レフリーは採点表をチェックしてカールのコーナーに目をやった。オリバーが、「注意が来るかもしれない。だが気にするな」と言った。

ゴングが鳴るとサムエルは足を止めてじりじりと距離を詰めはじめた。接近戦でくる、とカールはよみ、少しずつ後退して警戒した。

ロープが背中に触れたとき、猛然とサムエルは打ち出してきた。一発、二発とかわしてカールは体勢を入れ替えた。

サムエルは今の逃げ方を頭に組み込んだに違いない。カールは再び同じような動きで追い詰められると、今度は先にパンチを出して、体勢を変えた。

サムエルは極端に片方のガードを下げて、様子を窺いながらにじりよる。カールは下げた右が死角から放たれるのを以前の試合で見ていた。あの下がった右を警戒して左を許す。そうすると、右がボディから顎へと突き上がる。

カールはロープを背にして、かかってこい、と促した。左ジャブをカールは、スウェーでかわし、すぐに右手を抱え込んでクリンチをした。カールは反転して、逆にサムエルをロープに押しつけた。サムエルの顔面が怒りで赤くなるのがわかった。カールは後頭部にパンチを入れ、そしてもつれるようにして体重を預けた。レフリーが割って入り、後頭部へのパンチは反則だと注意した。

試合続行の指示をレフリーが出すと、サムエルは怒りを表情に出し、猛然と襲いかかってきた。カールは思いきって後退し、距離をとった。

しかし、距離がとれたというわずかな油断が、カールに次のパンチをよける判断を遅らせた。流れるような長い左が鼻の頭を突き上げた。そしてそこに右が飛んできた。今まで受けたパンチに比べるとスピードも力もなかったはずだが、カールは大きく体をのけぞらせ、そしてマウスピースを吐き出した。観客がわき返る声を耳にし、その姿がちらりと脳裏をかすめていくように映し出された。ロープを背にしたとき、次のパンチを繰り出そうとするサムエルの姿が見えた。

「回れ！」

コーナーからエディが叫んだ。

顔面に鈍い音が響き、目の前が真っ暗になった。汗が飛び散り、何かが顔にぶち当たった。気がついたとき、カールはサムエルの両腕を抑えてクリンチをしていた。ゴングがけたたましく鳴った。オリバーとエディはコーナーから身を乗り出して、戻ってくるカールを待った。

エディはカールの両腕と足をマッサージした。

「油断するな。それだけだ」

オリバーは顔面の腫れ具合を確かめた。

「手を出せ。次の回は攻めてくる」

「四ラウンドだな」

カールは確かめた。

「そうだ」

「もし、打たれてもタオルは絶対に投げるな」

椅子を下げてセコンドにつく二人にカールは言った。レフリーが中央に出て試合開始の合図をした。カールは、軽いフットワークで回るサムエルを観察し、ガードを下げて誘いをかけた。即座に左が飛んできた。カールはセコンドから、

「ガードを上げろ！」と叫ぶ声を耳にしたが無視した。次の瞬間、サムエルは一気に攻めようと連打で距離を詰めた。カールの足は止まり、汗が飛び散った。まだだ、カールは効いていないとサムエルに合図した。もう一度、サムエルが攻撃を仕掛けようとしたとき、負けないぐらいの連打でカールはサムエルの攻撃を阻止した。そして、サムエルを逆に追い詰めた。ボディに隙があったが、カールはサムエルの顔面を狙った。セコンドのエディは、

「今だ。攻めろ！」と叫んだ。が、カールは、サムエルがこのラウンドの後半に勝負をかけるつもりで打たせている、と判断し、攻めるのを止めて、リングの中央に戻り、サムエルを誘った。

サムエルは不敵な笑みを浮かべ、望むところだという表情をした。カールはガードを堅くし、相手の動きを見守った。

サムエルの攻撃の組立は先ほどと同じで左ジャブから入ってきた。カールは右に体をひねって逃げる振りをして止まり、そして相手の右ストレートをブロックして顎にアッパーを持っていった。サムエルの体が回転してロープの方になだれかかるのがわかった。

カールは連打を浴びせた。今度は、サムエルの顔面から汗が飛び散って眩しく光った。が、サムエルも左ジャブで応戦した。そして、ショートレンジのパンチを互いに乱打し合った。カールは、幾つパンチをもらったかわからなかったし、何発当たったかもわからなかった。気がついたときにはクリンチをして、相手の肩に額を預けていた。サムエルが忌まわしげに、「離せ!」と言うのが聞こえた。グロッキーになっているのに気がついたに違いない。レフリーが割って入ったとき、カールはこれから攻撃を受ける辛さを認めた。

まだ三分、経たないのだろうか? カールはちらりとコーナーに目をやった。セコンドのエディはカールが何を知ろうとしたのか判断しかねる顔をした。

猛然とサムエルはラッシュをかけてきた。鈍い響きが顔面に響き渡る度にカールは、まだ立っているか、不安になった。逃げなければいけない。ガードをかためてロープを背にしたが、サムエルの攻撃には隙がなかった。パンチがボディから顔面、そして側頭部へ乱打される。レフリーが近づいてくるのがわかった。カールはレフリーストップになるのを恐れて危険を覚悟の上で短いパンチを繰り出した。サムエルは、さらに近づいて下から突き上げるパンチを出してきた。頭と頭が鈍い音をたててぶつかり、獣のようなサムエルの呼吸が聞こえた。

ふと気がつくと目の前に白い背中があった。レフリーだった。レフリーは、厳めしい顔をして何か言った。

レフリーはサムエルにコーナーに戻るように指示した。カールは自分のロープダウンをとられたと思った。しかし、レフリーは、

「ゴングだ。コーナーへ」とラウンドの終了を伝えてから、額の汗を拭って離れた。カールはコーナーに戻って、椅子に腰を下ろすと、

「ダウンは?」と声を荒くして聞いた。「ダウンをとられたのかと聞いているんだ?」

「いや」

エディは冷静だった。

「しかし、今のラウンドは相手側だ。かなりのポイントをとられた」

カールはかまわない、と思った。判定で終えるつもりはなかった。どちらかがテンカウントを聞くまで続けるだけだ。

「奴のペースで試合をするな」とオリバーが注意した。

「冷静に行くんだ。隙を狙え」とエディは忠告した。

「ラスト三十秒で合図をくれ。それからタオルは投げるな、いいな」

カールは言った。エディとオリバーは返事をしなかった。相手側のコーナーではサムエルがセコンドからの指示を受けて何度も頷き返していた。ゴングが鳴っても後ろを振り返って、忠告に耳を傾けている。

カールはレフリーの合図とともに素早く左を伸ばしたが、サムエルはそれをかわして左に回った。

サムエルは作戦を変えていた。前のラウンドで消耗した体力の回復を待つつもりらしかったが、そのような計算はカールにとって苛立たしく映った。

ガードを下げて攻撃してくるようにカールは誘った。が、サムエルは乗ってこなかった。カールはそれならばと攻撃をはじめた。

しかし、パンチはことごとくかわされた。

カールは攻めが単調になっているのに気がついた。ただパンチを伸ばすだけでは当たらない。といってどのような戦法をとっていいのか思いつかなかった。

攻めてこないのならこちらも休むまでだ、とカールは開き直った。リラックスしたスタンスで相手と同じように足を使って安全な距離をとった。観客は今か今かと打ち合うのを待った。

サムエルの表情に、これではいけない、という影が刻まれた。サムエルは手を回して顎を突き出し、いつでも打ってこいというポーズをとった。カールは無視して後ろに下がってロープに背中をもたれさせて逆に攻撃しろと挑発した。何かがサムエルの頭から吹っ切れたようだった。顔色を変えたかと思うと左ジャブから右ストレート、フックと続けざまにパンチが飛んできた。

カールはがっちりと相手の両腕を抱えてクリンチをした。そして、力を込めて後頭部にパンチを入れた。レフリーが飛んで割って入り、後頭部にパンチを入れるな、と手を掴んで注意した。

サムエルは離れるとリングの中央から、真ん中で戦え、と下をグローブで示した。カールは素直に従うように前に出、そして相手が攻めるとみるや、すぐに後退して同じ姿勢をとった。

二度目のクリンチをされるとさすがのサムエルも嫌悪した。レフリーにアピールをはじめた。カールは相手が嫌うのならなおさらのこと続けてやると決めた。

そして、三度目に相手の攻撃を封じたカールは、逆にサムエルをロープに押しつけた。コーナーからラスト三十秒の合図が出たので、猛然とボディに向かって攻撃を仕掛けた。

それは今まで我慢していた攻撃箇所だった。サムエルは苦しみ紛れに後頭部を抱きかかえ、体を密着して打たせないようにした。カールはロープへ押し返した。サムエルの体がのけぞった。

ロープワークはかなり練習したので、反動で前に出る相手のボディを狙うのは容易だった。二発放った後に再び抱きつかれたが、苦にならなかった。効いている証拠だった。ゴングが鳴って離れるとき、はじめて相手の後ろ姿に疲れが表れた。

「いいぞ、今の調子だ」

オリバーはもっと相手を焦らせる指示を出した。

「次のラウンドは攻めてくるはずだ」

エディは相手のコーナーを見詰めて言った。サムエルは前のインターバルと同じようにセコンドの注意に耳を傾けていた。その肩が大きく呼吸で揺れるのがわかった。カールはようやく試合の流れを掴んだ気がした。

次のラウンド開始を知らせるアナウンスが流れると、レフリーが中央に出て、両方のセコンド陣に下がる指示を出した。カールは立ち上がってゴングを待った。サムエルの顔には疲れが表れていた。ゴングが鳴ると、カールとサムエルは中央でグローブを合わせてから、距離をとった。

カールは後退するサムエルを睨みつけながらロープぎわへ詰めた。サムエルのガードが上がり、防御の姿勢が固められた。カールはどこから攻めるか窺った。そのとき、サムエルの左が顔面を捕らえた。思いがけない攻撃にカールはまともに食ってしまった。それほどダメージは受けなかったので、反撃するために左を出した。が、それからの相手の攻撃が目に見えないほどのスピードだった。ストレートが飛び出したのはわかったが、一瞬にして目の前が見えなくなり、カールは後退した。

コーナーからエディが叫ぶのが聞こえたが、何を言っているのかわからなかった。カールはガードを固めた。が、どこに相手がいるのか、そして、自分がどの位置にいるのか掴めなかった。

このままダウンして休むべきだという声が脳裏をかすめた。決定的なダメージを受ける前に体勢を整えなくてはいけない。まだラウンドがはじまったばかりだ。

そう思いながら背中にロープが触れて、それが波を打つように肩に当たっていくのがわかった。

目の前に白いマットが広がっていた。そこを這いながらカールは苦しんでいる自分の姿を認めた。ダウンしたのだ。レフリーのカウントを聞かなければいけない。今、幾つ数えたのだ？ どうして何も聞こえないのだ。カールは荒い呼吸をし、マウスピースを口から吐き出した。ようやく観客のざわめきが耳に入った。カールは、それが邪魔してカウントを聞き逃すのではないかと苛立った。

レフリーの足が見えてきた。そしてコーナーに戻っていくサムエルの姿が……。カウントが数えられる。カールは顔を上げてレフリーを見詰めた。

ぎりぎりまで倒れていればいい。五から膝を立て、八で両手を構える。

カールはロープに手を伸ばして膝を立てた。脳震盪を起こしたのか、体が揺れる。レフリーの目を見詰め、試合を続けることができるという意志を伝えなければいけない。

カールはカウント九で両手を構えた。レフリーはカールの目を見詰め、意思を確かめた。カールは頷き返して大丈夫だということを伝えた。レフリーは試合を続行させた。すでにサムエルは近くまで来ていた。カールは一発目をかわしてすぐにクリンチに入らなければいけない、と目を凝らした。が、相手の動きについていくことができなかった。眼球は移動する相手を捕らえることができず、一点ばかりを見詰めている。カールは後ろに後退してロープに背中をつけた。

サムエルはクリンチをされることを嫌って、接近することなくパンチを出した。カールは立っているのが辛くなった。ボディにもパンチは入れられた。グローブの隙間からサムエルの右ストレートは突っ込んできた。

カールはもう一度倒れようか、と考えた。あと少し休めば意識がはっきりするかもしれない。悪魔のような囁きが聞こえた。

「クリンチだ！」

「逃げろ！」

エディとオリバーの声がした。けれども、立っているのが精いっぱいだった。

レフリーが割って入ってサムエルを離れさせた。そして、カールの表情を窺い、まだ戦えるかと聞いた。

「大丈夫だ」

カールはレフリーがいぶかしげな顔をしたので、大声でもう一度、

「大丈夫だ」と答えた。セコンドに目をやると、エディがタオルを掴んで投げようと構えてい

た。カールは投げるな、というように腫れあがった目で睨みつけた。

サムエルが最後のとどめだと言わんばかりの形相で近づいてきた。カールはガードを上げて構えた。そして、はじめのパンチをかわして、ジャブをサムエルの額にもっていった。すぐにアッパーで突き上げられると、今度は連打で返した。

足が動かないので上体の動きでかわさなければいけない。カールはまるでチャーリーのように変則的なスタイルをとっさに試みた。

サムエルはジャブでカールの瞼を狙った。カールは思いきって飛び跳ねるようにして左を出した。そして、ロープに追い詰めたところで右をボディに入れた。サムエルは海老のように上体を折った。

接近してパンチを連続して繰り出したが、サムエルのガードは堅かった。ボディをカールは執拗に狙った。そして顔面に隙ができたとみるや、アッパーを入れた。カールは残った力のすべてを注ぎ込んだ。

観客は予期しなかった展開に興奮して総立ちになった。サムエルの膝がキャンバスに落ちたとき、カールは信じられなかった。レフリーが割って入り、

「ゴングだ。ゴングが先だ」とカールの攻撃を止めさせた。

カールはまだやらせろ、と訴えた。するとコーナーを飛び出したエディとオリバーが後ろから

抑えて、

「ゴングだ。落ち着け！」と抱きついて叫んだ。

「止血だ」オリバーが綿棒と薬品を持って治療をはじめた。カールは、口を開けて水を飲み、それからうがいをしてバケツに吐いた。水は血で赤く染まった。

「落ち着け。奴もかなりダメージを受けている。これからはどちらが冷静に試合を進めるかだ」

「気力だ」

カールは吐き捨てるように言った。そして、

「ダウンするまでやらせろ」と続けた。

「わかった」

エディはカールの腕をマッサージしながら怪訝な顔つきをした。

「絶対に試合を止めるな」

エディがカールを立たせ、体の筋肉の力を回復させるために叩いて刺激した。椅子をオリバーが引き、カールを送り出した。

「無理はするな」

サムエルの表情は引きつっていた。セコンドの指示を耳に入れて作戦をねったに違いないが、カールはここまで来たら打ち合うだけだ、と思った。

レフリーの合図とともにカールは前に出たが、サムエルは遅れた。が、ゴングが鳴るとともにサムエルの左が飛んできた。カールは顔面に受けたが、負けずに右を伸ばした。そしてボディを狙った。サムエルは腰を折り曲げた。

カールは下がった頭めがけて右を斧のように振り落とした。相手の後頭部に当たろうが、肘に当たろうがかまわず、右で攻める。

そして左でアッパーを入れた。サムエルもすぐに体勢を立て直して、左ジャブ、そしてフックとなりふり構わずパンチを振りはじめた。

二人の体がもつれ合ってロープにもたれ掛かるとレフリーは割って入り、中央に戻した。サムエルが右のガードを下げて近寄って来た。カールは左ジャブを入れた。サムエルの頭が後ろにのけぞり、もう一度、左、と思ったとき、相打ちのような形でクロスカウンターが飛んできた。カールはバランスを崩して横に移動した。すかさずサムエルは追いうちをかけて左ジャブ、右ストレートを出してきた。カールは右フックを返し、そしてクリンチした。疲れが全身を支配し、もうこれ以上動くことができないくらい、目の前がくらくらとした。

サムエルの足も縺れていた。が、息づかいはカールより安定していた。離れぎわ、サムエルは思いきった右を伸ばしてきた。がつんという鈍い音とともに目から火が飛び散った。カールはそれでも当てずっぽうに右を伸ばした。手ごたえはあった。が、次に狙いすましたアッパーが顎に突き刺さった。

カールはガードを固めて後ろに後退した。サムエルは、前進して単調なリズムでパンチを入れてきた。

カールはその合間に左ジャブを出して防戦した。そのうちにサムエルのパンチに力が入ってきた。カールの動きが読めて攻撃しやすくなったのかもしれない。カールは抱きついて攻撃をカットした。

「このラウンドで決めてやる」

サムエルが言った。

「できるものならしてみろ」

荒い息の合間に押し出すようにカールは答えた。レフリーが体を入れて二人を分かれさせる。両手を構えたところにパンチが飛んできた。カールは顎が上がってしまったのを認めた。そしていともたやすく、そこに痛みを伴わないパンチが炸裂した。

リングの上を這いずりながらカールは、今、幾つだ、レフリー、カウントを教えろ、と怒鳴った。頭の中が回転し、意識が遠ざかった。

カウントが聞こえた。それは、五だった。早い！　カールは朦朧とした意識の中で訴えた。四つん這いになって周りを見渡した。

七だ。カールは片膝を立てた。八、間に合わない。カールはそれでも両手だけは構えなければいけない、と思った。マットから手を離すと、体が傾いた。

ゴングがけたたましく鳴っている。目を開けるとリング上を白いものが舞っていた。観客が投げたパンフレットだった。担架だ！　と誰かが叫んでいる。カールは頭を少しだけ上げてからまた力を抜いて目を閉じた。


次に気がついたとき、鈍い光りが頭上から注いでいた。そこが控え室だとわかったとき、メアリの姿が目に入った。彼女は目頭を押さえていた。

会場のざわめきが消えて、蛍光灯の明かりがみすぼらしい控え室の中を照らし出していた。カールはメアリの髪に手を伸ばして触れ、

「泣いてはいけない」と言った。オリバーが、気がついたようだ、具合はどうだ？　と聞いた。

「大丈夫だ」

「起き上がれるか？」

エディが傍らに来た。

「ああ」

カールは上体を上げた。

念のために病院で検査を受けることになったが、異常はなかった。カールはその日のうちにアパートに戻り、ぐっすり眠った。メアリは傷ついた額に氷嚢《ひょうのう》を当て、寝ずに看病した。

次の日、母親が来ていることがわかったが、カールは寝て過ごした。二日後、いつものように出勤し、カールは仕事をした。瞼に絆創膏を張った姿は痛々しかった。周りが試合の内容を知っていて、賛辞を与えた。ゴングが鳴ってからだったが、はじめてサムエルにダウンを与えた男としてスポーツ紙に載ったのだった。

「サムエルはチャンピオンになる男だ。そしてそれを破るのは君しかいない」

カールは軽く受け流した。

翌週、夏の休暇がもらえるとメアリとかねてからの念願であった旅行に行くことにした。エディとオリバーにはそのことを伝えた。

場所はパリにした。

カールは宿泊したホテルのみすぼらしさをのぞけば、街のたたずまい、そしてそこにいる人間に好感を抱いた。

そこにはニューヨークの荒々しさはなかった。

カールとメアリは、噴水のある池で子供たちが帆掛け船を浮かべてはしゃぎ回る姿や、リクライニングのついたパイプチェアーに身を横たえ、老後の一時を瞑想に費やす老人や、本を広げて芝に寝ころぶ若者たち、カメラの前でポーズをとる旅行者を眺めた。また、丘の上のサクレクール寺院から中世の佇まいを見せている煉瓦造りの市街地に見とれて時間を忘れた。モンマルトルの通りでは肉屋に飾られた腸詰めを物珍しげに眺めたり、地下鉄から出てすぐにその雄姿が空高くそびえ立ったエッフェル塔の姿に感動したりした。

通りの幅は広く、交差点は広場のようだった。

メアリはみやげ物を買い込んだが、カールは買わなかった。旅行中の後半は昼近くまでベッドで過ごした。

カールは街の鼓動に耳を澄ました。それだけで外の世界を感じることができた。

観光名所に飽きたカールは夜、酔っぱらう若者や、地下鉄や、薄暗い通りを歩いて昼の時間とは違う街の姿を観察した。

8

ニューヨークに戻ってからカールは、練習を少しずつはじめた。

チャーリーが久しぶりに顔を出した日、カールは食事に誘った。近くのレストランでビールを注文し、両肘をついて向き合った。カールはチャーリーが無口なので、

「どうしたんだ?」と尋ねた。

「別にいつもと変わらない」

「そんなふうには見えない」

カールは、高校時代の話題になればチャーリーは元気を取り戻すと思い、

「学生時代を懐かしく思う」と話題をふった。

チャーリーは困ったような顔をしてカールを眺めて、

「まだ僕たちが出会わなかった頃、君がハドソン川の向こうに住んでいた頃」と話しはじめた。

チャーリーは、

「よそう、こんな話、僕はどうかしているんだ」と自分自身を戒めるように唇を噛んで首を振った。

「いいよ。続けてくれ」とカールはうながした。

「人に聞いた話なんだ」

「かまわない」

「教会の宿舎で生活していた君たちにはビルとハワードという先輩がいた」

チャーリーは重い口を開いた。

「ある風の強い夜、ビルとハワードは教会の外で会う約束をした。ビルが彼を呼び出したと聞いている。ビルはハワードがある少年を虐めていることを注意するつもりでいた。しかし、二人は言い合ううちにつかみ合いになった。そしてそれを見ていた少年がいた。その少年はビルを助けるために上にのしかかっているハワードの頭めがけて石を振り落とした。鈍い音と悲鳴が漏れたが、風の強い日で誰も気づく者はいなかった。一人がごろりと倒れると、ハワードではなくてビルだった」

カールは、

「うまくできた話だ」と呟いてから、

「その少年の名前は？」と尋ねた。チャーリーは顔を上げ、

「別に疑っているわけじゃないんだ」と言った。

「疑っている。疑いを抱いていないのなら、そんな話は信用しないはずだ」

「もう帰らないと」

チャーリーは俯いて言った。カールは、

「まだいいじゃないか？」と引きとめた。そして、

「話をしてくれた男は信用できる人物か？」と尋ねた。

「もちろん」

「じゃ、君は俺の方を疑っているわけだ」

「それは違う。僕は君を信じているから本当にそうなのか確かめに来たんだ」

「俺を信じているのなら、そんな話は耳に入れても動揺しないはずだ」

「じゃ、はっきり聞くが君はしていないんだね」

「もちろん」

「わかった。僕は君を信じる。気分を悪くしたかもしれないけれど、話すことを強要したのは君なんだ」

二人はレストランを出た。が、カールは歩きはじめるとしだいに怒りがこみ上げ、そんな作り

話をした人物は一人しかいないので、

「アルバートとはどういう関係なんだ！」と歩道に突然立ち止まってチャーリーを問い詰めた。

「親友だ」

「いつから？」

チャーリーは答えた。

「どうしてそんなことを聞くんだ？」

「知りたいからだ」

「彼とは君と同じぐらい長い」

「ハイ・スクールのときからか？」

「君には関係がない。黒人であっても君はそうではない。恩恵を受けているのにもかかわらず、感謝の気持ちを抱いていない。君にはとやかく言う資格はない」

チャーリーは一気にまくしたてると、

「もう会わない」と言って歩きはじめた。カールは、

「勝手にすればいい」と呟いた。


その夜、夢の中でカールは一人の男に連れられて、幼い日を過ごしたニューヨークの裏街を歩

いていた。地下鉄の入り口があり、その階段を下りてゆくと、薄暗い闇が広がり、古い教会があった。中には誰もいず、案内人は、

「しばらく待っていてください」と丁寧に断って姿を消した。

まもなくその男は、

「晩餐会の支度ができました」と呼びに来た。奥の部屋に案内されると、白いテーブルクロスがかけられた長い食卓に老紳士が数名ついていて、ゆっくり首を捻ってカールを見詰めた。それから向き直ると、それぞれ隣の者と穏やかな口調で会話を続けた。

食事がはじまると、カールはマナーを守らなければいけないと思ったが、心のどこかでいつものようにしていればいい、という声があり、メアリと一緒に食事をしているような気楽さで口に運ぶことにした。

給仕の女性が、

「どうですか、お口に合いますか?」と尋ねた。カールは頷いて、

「十分すぎるほどです」と答えた。周りの老紳士はときおり、カールの方を窺った。カールは食事が済むと、再び案内人に送られて地下鉄の入り口から地上に出た。

それだけの夢だった。

次の試合の日程が決まると、カールは練習に熱を入れた。トラビィスは、ファイトマネーについて興業師とさかんに交渉をはじめ、カールとオリバーとエディから冷たい目で見られるようになった。電話口で露骨にカールをモノとして扱う口調は、ジムの雰囲気を変えるものだった。

「何だと、いいか、五千だ。それより低い額ではやらない。観客は誰を見に来ると思う？　カールだ。誰がサムエルにダウンを与えた。今まで奴がリングで膝をついたところを見たことがあるか？」

トラビィスは受話器を掴んでニヤニヤと笑い、葉巻を指に挟んで目を細めた。

「そうだ。わかっているじゃないか。必ず勝つかって？　当たり前だ。よし、五ラウンドまでなら四千で手を打とう。負けたらどうするかって？　馬鹿いっちゃいけない。カールに八百長をやれって言うのか？　それなら一万だ」

カールが練習の手を止めると、エディは気にするな、と注意した。

次の相手はロベルト・ダビッドソンだったが、全盛期を過ぎた選手でカールの相手ではなかった。

「早い回で決めろ。いいか」

ジムのリングでカールのパンチをミットに受けながら、オリバーは言った。

オリバーはパンチのスピードに重点をおいた。スパーリングパートナーのエディもカールに、かわすことのできないパンチを求めた。

「今度は一ラウンドからだ。はじめから勝負に出るんだ。ロベルトに戸惑っているようでは先が思いやられる。綺麗に勝つんだ。早い回に。それにはスピードだ」

カールはビデオでロベルトのスタイルを研究した。全盛期のスピードは防御に回っても目を見張るものがあった。ロープを背にしながら、相手にショートレンジのパンチを打ち込む。相手がパンチを当てようとしてもロベルトの頭は、まるでパンチング・ボールのようにめまぐるしく動き回っているので、当たらない。見ている観客の中にはロープを背にしているロベルトが劣勢に回っていると勘違いして悲鳴を上げる者もいたが、顔面を捕らえるのはロベルトが巧みに繰り出したショートレンジのパンチだった。ロベルトは体勢を入れ替えると一気に攻めて相手を倒す。観客は頂点に昇り詰め、拍手と歓声でロベルトを讃える。カールはビデオを見終わると、気分転換に映画を見に行った。アパートに戻ると、メアリがアルバートとまた会った、と伝えた。カールは、何か言っていたか？　と尋ねた。

「別に。ただ次の試合を見に行くって」

カールは不愉快に思った。ビルの事件は今さら掘り返したところで誰も相手にしない。カールは気にしないことだと自分に言い聞かせた。

ロベルトは再起にかけていたが、彼の力はカールに及ばず、試合はカールのペースで進んだ。一ラウンドはどうにか持ちこたえたが、二ラウンドにコーナーに追い詰められてサンドバッグにされると、セコンドからタオルが投げられた。

ロベルトの傷ついた顔は痛々しかった。その目にはすでに闘志のかけらはなく、彼は負けを認めた。

カールはロベルトのコーナーに歩み寄り、握手を求めた。ロベルトは手を差し出すと、力のない口調で、いいパンチだった、と讃えた。

エディとオリバーも彼のセコンドと握手をかわした。ロベルトはチャンピオンとして長く頂点に君臨した男だった。

控え室に戻ると係りの者が、

「面会人が来ています」と伝えた。名刺の裏には『孤児院の友、アルバート』と書いてあった。カールは通してもいいと伝えた。エディが、誰なんだ？　とカールに尋ねた。

「古い友人だ」

「親友かい？」

カールは否定した。その後ろからにこやかな笑顔がのぞいているのを目にして、カールは刺のある視線を返した。幼い頃の臆病そうな表情のかけらはなかった。

「すばらしい試合を見せてもらったよ。カール、君は僕たちの誇りだ」

アルバートは賞賛した。

「今度、後援会を作ろうと思っているんだ。僕たちの仲間で」

エディが口を挟んで、

「せっかくだが、後援会なら間に合っている」と断った。アルバートは面食らった顔をした。

「どうしてだい？　君のファンクラブなら幾つあってもいいだろう。毎月一回ずつ定例会を開くだけだ」

カールは、今日は疲れているから、と言って引き取ってもらうことにした。

「いいかい、僕はきっと作ってみせるよ。僕が会長になった君のファンクラブだ、ははは」

最後の笑みにカールは憎しみを感じた。カールはエディに、アルバートの経歴を調べてくれないか、と伝えた。

「用心しなければいけない相手なのか？」

「ああ」

エディは、そういったことなら警察にコネがあるから調べさせる、二、三日もすれば何をしている奴かわかる、安心しな、と言った。エディの言う通り、報告書は三日後にエディが入手して持ってきた。

「少し面倒な人物かもしれないから説明させてくれないか」

彼は部屋に入って険しい顔をした。メアリがコーヒーカップを置き、私も聞いていいかしら、と了解を求めた。

「かまわない。まず彼の仕事からだが、日用雑貨の卸しを扱うディック・アンド・ドリス商会に籍があるが、実際はある種の運動組織だ。圧力団体としての力を持っている。黒人の権利を主張して陰では過激なことをしている。ここから出ている議員もいる。労働団体とも結びついているから手ごわい。アルバートはそこの幹部をしている。最近では黒人労働者に不当な扱いをした店主が暴行を受けたという噂がある。証拠は掴んでいないが警察は黒だと睨んでいる」

メアリが、信じられないわ、とため息をもらした。

「ただ最近では一時期よりも組織としての力は弱くなっている。富と権力を掴んだ上部と次の世代とでギャップが生じ、内部抗争が起きた」

カールはその組織にチャーリーが入っているか確認した。

「下部組織の構成員は掴んでいない。私が入手した幹部の中にはいない」

「後援会の話をどう思う?」

「怪しいね。彼らが自分たちの利益にならないことをするはずがない。何かを企んでいる」

カールは、ビル殺害事件の犯人として自分の名前が一部の人間に伝わっていることを報告した。

「それが本当だとすると、やっかいかもしれない。そういうことならアルバートの動きを警察に監視させることにする」

エディはそう約束して帰った。


その夜、メアリは、罪の意識に耐えられなくなったのではないか、と推理した。

「アルバートは、ハワードと私たちが一緒にいたから、何かを聞き出したと思っているのじゃないかしら？　あなたが有名になっていくから当時の事件のことが知れ渡るのではないかと怯えているのかもしれない」

そうだとしたら、次にアルバートは何をするのだろう、とカールは考えた。

『アルバートは都合の悪い存在を消そうと考えているのかもしれない。しかし、そうだとしたら、公の場で俺に近づいてくるはずはない。殺人事件が起きた場合、警察は被害者の交友関係を洗うはずだからアルバートの名前が出てしまう。だが、そのために後援会を作って会長になるのだとしたら、狡猾極まりない』

カールはメアリが、

「何を考えているの？」と心配そうに覗き込んだので、

「アルバートは何もしない。嫌がらせをしたいだけだ」と答えた。

カールは過ぎた日々を思い出した。あのときのアルバートは毎日虐められ、夜になると恥部をハワードにいじられ、そのことを周りの者に噂されていた。彼にとってハワードの頭部に石を落とすことは自分を守るための追い詰められた最後の選択だったのかもしれない。

しかし、下にいたのはハワードではなく、ビルだった。

メアリが、

「最近、おかしな電話がかかってくるのは、アルバートと関係があるのかしら？」と聞いた。

「受話器を上げると切れるの。間違い電話なら何か言うはずだけれど」

「頻繁にかかってくるのか？」

「二回あっただけだけれど気味が悪いわ」

「何時頃に？」

「一度は夕方で、もう一度は真夜中だった」

メアリは、もしかしたらモニカからではないかと思って確認したが、電話はかけていないということだった。カールはそれがアルバートだとすると、病的な思いにとらわれている気がして不吉な予感にとらわれた。

サムエルはチャンピオンへの挑戦権を次の試合で手にした。彼は盛んに勝つことをマスコミに吹聴し、相手をけなした。サムエルはそうすることによってファイトマネーを釣り上げた。

一方、カールには遠征試合の話が持ち込まれた。対戦相手は東洋人で、試合も敵地でするという条件だった。

それがどのような試合なのかカールは考えた。相手はまだプロで七回しか戦っていない負けなしのハードパンチャーだが、テクニックはアマチュアに毛が生えた程度で自分の敵ではなかった。

「いったい何をしたいのだろう？」

カールは考えた。相手サイドに立ってみればせっかくの金の卵をここでぶち壊しにするようなものだ。勝てば評価が一気にランクアップするので、彼らはそれを狙ったのかもしれない。

カールはこの試合にそれほど重点をおいていなかったので、日程も長くはとらず、試合の翌日には飛行機で帰る予定をたてた。

しかし、同行するオリバーは目を細め、

「甘く見てはいけない」とカールを窘めた。

「合衆国の若者はイデオロギーに弱い。正当な考えを吹き込まれると銃でも掴む。その主たるものは『自由』だ。だから相手にも『自由』を与える寛大さがある。だが」と言ってオリバーは口調を変えた。

「おそらく彼らにはない。違う国のものは敵としてみなす」

「俺が戦うのは一人のボクサーだ」

「いいか、判定にもつれ込むな。何度、トラブルを見たかわからない」


オリバーが懸念した通り、試合の声援は一方的だった。一ラウンドが終了したとき、カールはこのような場所で試合をするぐらいなら、地下の賭博場で八百長試合をする方がましだと思った。こちらがパンチをブロックしているのに無知な観客は相手のパンチが有効に当たったみたいに歓喜の声をあげた。逆に攻めると、白けた間が伸びる。レフリーのジャッジにも信用がおけなかった。攻めだしたときに相手がロープにつまると、すぐに割って入った。

カールは気を引き締め直した。このような形で試合を続けられたのでは気が散ってとんでもないパンチを受けないとも限らない。たしかに相手のパンチは重かった。それが振り出されるとき、ステップが大きいのですぐにわかるが、それ以外のパンチが出たときが怖い。予測不可能な動きをする相手ほどやりにくいものはない。

カールは一分間のインターバルで精神を落ち着けるために目を閉じて呼吸を整えた。ゴングが鳴ると観客はわき返って、相手選手の名前を合唱しはじめた。前のラウンドの状況で勝算があるとみたのかもしれない。カールにとっては観客もまた敵だった。カールは相手の動きを窺い、ジャブを出した。相手の顔面は赤くなり、極端に目つきが鋭くなった。カールは踏み込んだ。ボディに一発入れ、すかさずアッパー、そして、ガードが開いたところに連打を放った。相手が一発打つあいだにカールは三発入れた。体勢を入れ替えたとき、前に飛び出す相手を認めた。

バランスを整える前に一発お見舞いし、反撃してくるところにカウンターを入れると、相手の腰が一気に落ち、カールはあっさりととどめを刺してしまった。

あわてて飛び出すセコンドを尻目に、カールはリングを後にした。すると顔をかすめて何かが飛んできた。立ち上がった観客はパンフレットを放り投げて鬱憤をはらしていた。

「こんな試合は二度とやらない」

カールは吐き捨てるように言った。トラビィスが、

「強い人間はどこでもやらなくてはいけない」と返した。

戻ると、控え室の扉に紙が貼りつけてあった。

『おめでとう、君の後援者より』

カールはそれを掴みとると、ゴミ箱に捨てた。カールはトラビィスに、

「誰か来ていたか？」と聞いた。

「君の友達だ。それより、明日は観光だ。どうだ、一緒に行かないか？　異国の文化にも学ぶものはある」と誘った。

「明日の便で帰る」

「オリバー、君もか？」

トラビィスはオリバーが、そうだと答えると、

「まぁいいさ、好きなようにするがいい」と言って部屋を出た。ホテルに着くと、カールは荷物をまとめ、シャワーを浴び、ベランダに出て外の空気に触れた。

真っ暗に染まった空には星が小さく瞬いていた。夜景はニューヨークの街より華麗だった。

部屋の電話のベルが鳴ったので、カールは孫へのみやげ物を買いに出かけたオリバーがかけてきたのだろう、と思って受話器を上げた。

その電話は受話器を耳に当てると切れた。カールは間違い電話だろうと思って、ベッドに横になった。窓の外に人がいるような気がし、ベランダに出ると、闇の中にきらめくネオンが眼下に広がった。人の姿はなかった。再び電話が鳴り、駆け足で戻って受話器を掴むと、またプツリと切れた。

外を歩いて気持ちを切り替えたいと思ったが、オリバーが戻ってきたときに心配するだろうと思い、我慢することにした。

電話がまた鳴った。

カールはソファに座ったまま目を閉じた。その電話の呼び出し音が切れてからしばらくして、

ドアがノックされた。

「オリバーだ。開けてくれ」

カールはチェーンをはずして中に入れた。

「遅かったじゃないか」

「孫へのみやげ物に何がよいかわからなくてね、かなり悩んだよ」

オリバーは紙包みの中から扇子を取り出して広げた。

「図柄は色鮮やかで、きめ細かい着色がされている。こういった繊細なところがいい。私が少年だった頃、この国の家は紙と木で造られる、と教わってとても不思議に思ったのを覚えている。このみやげ物を買ったのはホテルに入っている店だが、そこには障子というものがあった。ドアのようなものだと思えばいいが、なかなか趣があっていい。それはまさに木と紙でできている。すぐに破れてそんなものは使えないとアメリカ人は考えるだろう？　だが湿気の多いこの国ではそれがちょうど合っている。アメリカのように部屋と部屋を壁で仕切って頑丈なドアをつけてしまうと、この国では家が黴だらけになる」

オリバーは、それからこの国の食生活の話をした。

「カロリーをとりすぎるアメリカ人にはもってこいの自然食中心だ。明日の朝はこの国のスタイルでいこう」と誘った。またオリバーは、味噌汁を飲んだと話した。

オリバーは、とたんにオリバーは、

「発酵した大豆を使っている」

カールは話を遮って、電話をかけてきたか？　と尋ねた。とたんにオリバーは、

「どうして出なかったんだ。何度も鳴らしたのに」と不満をこぼした。

「出たさ。すぐに切れてしまったからいたずら電話だと思った」

「そんなはずはない。ずっとコールしたが出なかった」

「何回かけてきた？」

「一回だ」

「じゃ、三回目の電話だ」

「部屋にいたのか？」

「ああ。その前に二回、いたずら電話があった」

オリバーは電話機の故障かもしれない、と言って先の二回の電話を気にしないように勧めた。

「アルバートのことなら、あまりしつこいようだとこちらも手を考える。だが今のところ、動くことはない。控え室に貼ってあった紙も脅迫ではない」

オリバーはすでに宿泊者の中にアルバートという客がいるか調べさせていた。該当する名前はなかった。しばらくしてから、

「メアリには何か買ってやったのか？」とオリバーはカールに尋ねた。

「いや」

「それはよくない。明日、空港の免税店で何か買うことだ」

それからポツリと、ここは漁師の匂いがする、と言った。

「匂わなかったか？　あれは干物の匂いだ。昔を思い出す。子供の頃、貧しい村にいた。そこではいつもあんな匂いがしていた。ニューヨークの地下鉄の尿の匂いよりはましかもしれないが」

オリバーは短く笑って、さぁ、寝よう、と言った。

9

Ｊ・Ｆ・ケネディ空港に着いたのはちょうどお昼だった。カールたちは入国審査を済ませて出口へ向かった。出迎えでごった返す中、オリバーは婦人と孫の姿を見つけ、抱き合って再会を喜んだ。カールは、自分に近づいてくる警官の姿をみとめ、足を止めた。

「カール・シモンズさんですね。ご不幸がありました。詳しいことは車の中でお話ししますから一緒に来ていただけませんか？」

「何があったのか教えてくれませんか？」

警官は同情を寄せ、

「昨夜、一緒に住んでいられたメアリさんに不幸な出来事がありました」と言って間を置いた。

「外に車を止めてあります。荷物を持ちましょう」

二人の警官は、

「病院まで案内します。彼女かどうか確認してください」と言った。

霊安室で警官は医師に解剖結果の確認をとった。

「胸部に銃弾を三発受けていますね。二十二口径のピストルで撃たれています。他に大腿部に傷があります。側頭部には二か所打撲があります」

「被害者の同居人が身元確認に来ている。解剖の跡は縫合してあるんだろうな？」

「ええ」

「じゃ案内してくれ」

そう言って警官が振り向いたとき、カールが立っていた。医師は、

「被害者のお知り合いの方ですね。どうぞ」と了解を与えた。

死体は白いビニール袋に密閉されていた。そのチャックを下げると、変わりはてたメアリの額が現れた。カールは背中を折り曲げて、温めるように両手をつつみ、祈りを捧げた。

「間違いありませんか？」

警官が尋ねた。カールは頷いた。

「遺体の解剖は済んでいますので、書類にサインしていただければ……」

カールは顔を上げると、気持ちを落ち着けて、わかりましたと答え、そしてバドに葬式の手配

を依頼した。

　知らせを聞いたバドはひどく心を痛めた。ルイーズは、涙を流し続けた。カールは花を添え、ポケットから指輪を出すと、硬直して曲がったメアリの指に通した。ルイーズが、

「誰がこんなむごいことをしたんだい。私は許さないよ」と訴えた。カールは化粧を施されたメアリの顔を見詰めた。彼女の表情はルイーズの努力で殴打の跡を隠され、穏やかになっていた。

　カールは、一人の少年が部屋の隅から覗いているのに気がつき、

「名前は？」と尋ねた。

「カール」

　その少年は消え入る声で言った。

「カール？」

　少年は頷き返した。そして、「ねえ、何があったの？」と尋ねた。カールは近くに行って、悲しいことが起きたんだ、と説明した。

　少年が歩いていくと、ルイーズが抱き止めて、

「メアリ、わかるかい？　ほら、カールだよ」と伝えた。バドが疲れた足どりで戻ってきて、

「君と同じ名前の少年を預かったんだ。メアリはよくここに来てくれた。君の話もしていた。君

が遠征試合に行く前にも寄ってくれた」と言って目頭を押さえた。

カールは部屋から出て、冷気の降りた土の上を歩いた。都会で蠢《うごめ》くさまざまな物音が低く唸っているように聞こえた。人間の自我が作り出した魔物のようなものが夜を覆い、触手を伸ばそうと窺っている気がした。

翌日は青空の広がった空気の澄んだ日だった。

教会で厳かにメアリの魂を鎮める黙祷が捧げられ、墓地で最後の別れが告げられた。メアリの墓はカールの望み通りにビルの隣に据えられた。まだ死というものを実感できない幼いカールは、ルイーズのお尻にくっついて小さな目をしきりに瞬きさせていた。

カールは、バドとルイーズ、そして来ていただいた人々にお礼の言葉を述べた。涙を我慢するために上を向くと、目も眩むような青空に彼女の姿がかいま見えて消えていった。それは追いかけてはいけない陽炎《かげろう》だった。後にはただ青い空がくっきりと残った。

集まった人々が帰りかけたとき、カールは黒い帽子をかぶったアルバートを見つけた。振り向いた表情には笑みがもれていた。エディが気づいて、

「アルバートだな?」と言った。

「今、振り返って笑った。普通の人間ならこの場でそんなことはしない」

エディは他の男のところに行くと、そのことを報告した。戻ってくると、

「今は動くな、という指示だ。警戒させるだけだ。尻尾を掴むまでは泳がせておく。あの刑事は前に話した俺のダチだ。事情はよく知っている。君の話にはいたく関心を示した」

「名前は？」

「ジェフ。ジェフリー・スティルス。高校時代の親友だ。この事件を担当した」

体格のよい男だった。カールは話がしたい、と言った。

「落ち着いてからの方がいい。向こうも聞きたがっている。明日、一緒に行こう」

彼はエディの好意をありがたく思った。今、話せば感情的になるのはわかっていた。あの笑み、そしてここに来たという図太い神経は許しがたいものだ。

カールは人がいなくなると後片づけをエディに手伝ってもらった。前よりも太ったローラは帰る時期を逸して、ルイーズのそばで思い出を語り、悲しみに浸った。バドは教会に残り、一人メアリの冥福を祈った。

夜も遅くなってカールとバド、そしてエディ、ルイーズ、ローラが一つの部屋に集まると、言葉もなく、椅子に座ったままうなだれた。

「熱いコーヒーを入れるわ」

ルイーズが立ち上がると、

「私はもう帰らなくては」とローラが重い腰を上げた。そして、エディも支度をした。

「カール、今日はここに泊まっていってくれないか？」

バドが顔を上げた。カールは承諾した。二階の部屋に上がると、壁ぎわにベッドが寄せてあった。以前使用した机も残っていた。カールは日に焼けたカーテンを引いた。

ここで生活したことが昨日のことのように思い出された。住む者がいなくなった部屋は埃をかぶり、雨漏りの跡を壁に染ませていた。

ルイーズがシーツを取り替えるために階段を上ってきた。ベッドに腰を下ろし、

「どうしてここでは不幸なことが起こるのかね？」と嘆いた。

「よくないことは続かない。さあ元気を出して」

「そうだね」

「あの少年はどこで寝ているんだい？」

「隣だよ。私と一緒にね」

彼女は微笑みをもらして、

「もしかしたら甘やかし過ぎかもしれないけれど」と言った。

「そんなことはないさ」

「そう思うかい？」

「幼いときは誰かがそばにいてあげた方がいい」

「あんたもそうだったかい？」

カールは、ここで何人もの少年たちと生活したときのことを思い出し、夜中に泣き出したり、仲間を陥れたりしたのは、それぞれが耐えられない孤独を背負っていたからだ、と思った。

「さあ、ベッドが整ったよ。急で掃除もしていないけれど。それでいつまでいてくれるんだい？」

「長くはいられない。明日の午後には戻ろうと思う」

「そうかい」

彼女は、それでもいいと言った。私たちは少しでも長く引き留めたいけれど、そのようなわがままを言ってはいけないからと。

「バドはね、あんたとメアリがいちばん気に入っていたんだ。口にはしないけれど。もちろん、私もそうさ。立派になっておくれ」

そしてまたいつでもいいから来ておくれ、と言った。疲れも手伝い、カールはぐっすり眠った。

朝になって眩しい陽光がカーテンを透かしはじめた頃、隣の部屋でぐずついている少年を注意するルイーズの声が聞こえた。朝のミサをしなければいけないのだろう。俺たちは、いつもバドが振る鐘の音で目覚めた。

『さあ、元気よく、今日も小鳥のように歌声をきかせておくれ』

『おはようございます。神父さん』

めいめいがベッドの中から猫のような声で、中には子供にしてはひどすぎるしわがれ声で、目をつむったまま挨拶をした。ミサが終わるとルイーズが、

『ほらほら、ちゃんと目を開けて。こぼしちゃうじゃないか』

『シャツがはみ出てるよ』

『あんたはミサで寝ていたね。おデコに跡がついているよ』と朝食のスープをすくいながら一人ひとりに注意した。今はバドの鐘の音もルイーズの声も聞くことができない。カールは起き上がって着替えをして下りていった。

教会には近所の人が集まっていた。彼らは両手を握りしめて、祈りを捧げた。

朝食が済むと、カールは墓地に行き、メアリに別れを告げた。草むらに腰を下ろし、ここではじめてメアリと愛し合ったときのことを思い出した。

数日後、ジムに行き、カールは椅子に座って練習をぼんやりと眺めた。タオルで汗を拭きながらエディが近づき、

「留守中にあの学生がジムに尋ねてきた。何といったかな？」

「チャーリーかい？」

「そうだ。彼だ。かなりこの事件にショックを受けていた。彼の名前も捜査線上に浮かんでいる。事情聴取されたはずだ」

「犯人の目星は？」

「まだだ。アルバートの身辺を洗っている。ただ奴にはアリバイがある。事件当日、奴はアメリカにいなかった。出国と入国の日付の裏づけが取れているから疑いの余地はない。奴は、カール、君の応援に行っていたと証言した。自分は君のファンクラブを作ろうと企画をたてていた。二人の良き理解者であろうとしたのに、こんなことになって、と。奴は涙を流していたらしいぜ」

エディは吐き捨てるように言った。

「それにトラビィスの野郎も馬鹿だぜ。俺たちに言わなかったが、遠征先で面会もしている。金でも掴まされて踊らされたのかもしれない。カールとアルバートは親友で、ファンクラブ結成の申し出を受けていたと奴の証言を裏づけた」

カールはアパートに戻り、ソファに身を沈めて一人になった孤独をしみじみと噛みしめた。

あの貼り紙もあの無言の電話も、アルバートがしたに違いない。はじめから計画を練っていたのだ。

騒々しい外の音が開け放した窓から聞こえてくる。夕暮れが近づいていた。

部屋の明かりも点けず、カールは座り込んでいた。

通りでは行き交う人々の流れの中に一人だけ、窓を見上げて足を止める者がいた。頭の中にこびりついたものを否定するように首を振ると片足を引きずるようにして歩き去っていった。

部屋の中で電話が鳴り続けていることにカールは気がついて、うつろな目を向けた。受話器を取りにいくのが億劫《おっくう》だった。電話は切れた。

夜中に体が冷えていることに気がつき、ソファから立ち上がると、カールは窓を閉めてカーテンをひき、ベッドへ歩いた。

朝、エディから電話があり、ジェフが面会を希望していることを伝えてきた。

「朝食は食べたかい?」

カールが、

「まだだ」と答えると、「それなら一緒にどうだ?」と誘った。

それからたて続けに電話があった。今度は母親だった。モニカは心配して、「そちらに行っていいかい?」と聞いてきた。「今日は用事があるから」と断り、「心配しなくていい」とカールは伝えた。

　ニューヨーク市警察のジェフは、エディとカールが現れると、打ち合わせを中断して別室を用意した。彼が持ってきた履歴カードには写真が貼ってあった。

「事件が発生するまでの状況は前にも聞いたが、今日はその確認とこちらが目をつけている前科者との照合に来てもらった。ここにある書類は君が教会にいた頃の事件の調書だ。この犯罪がハワードではなく、アルバートだという根拠を話してもらえないか？」

　カールはハワードが自分たちに話したことを伝えた。彼があの夜、待ち合わせの場所に行ったとき、すでにビルは死んでいた、と。ジェフは、アルバートが犯人だ、とハワードが言ったかどうか、聞いた。

「いや」

　しばらく目を閉じてからジェフは、今度の事件に話を進めた。カールを犯人だと示唆したチャーリーとの会話、それから無言の電話、アルバートが後援者になろうと近づいてきたこと。それらが事実か確認した。

　カールは肯定した。

「だが、本当に後援者になろうと思っていたとは考えられない」

ジェフは、次の説明に移った。

「アルバートとチャーリーは同じ運動組織に属している。チャーリーの役割はブレーンだ。彼らの行動を指示している。もちろん、法的な動きに対してだが。もう聞いていると思うが、アルバートはその組織の幹部だ。次の市会議員に立候補するという情報もある。彼にとって昔の事件を知っている君は目の上のたんこぶだったのかもしれない。だから手を回した、と捉えている」

ジェフは、「コーヒーはまだか?」と若い者に声をかけ、「タバコを吸ってもいいか?」と伺いをたてた。

「君の試合を見に行ったことがある」

ジェフは一転して話題を変えた。

「聞いているかもしれないが、私もボクシングをしていた」

そう言ってエディの方をちらりと見た。

「ずるがしこい奴がいて、こてんぱんにやられて辞めた。あのときのパンチはローブローだった」

「いや、ベルトの上さ」

「俺は何発も受けてレフリーに抗議した」

「子供がママに助けを求めるように、だったな」

「こんな奴がいては上にいけないと思った」

「違うだろ、俺の強さにもう駄目だとあきらめたんだ」

「そうかもしれない。エディに負けたのでは先が思いやられる」

ジェフは笑った。コーヒーを若い婦人警官が持ってくると、一口すすり、履歴カードを前に出し、

「アルバートの組織にいる前科者のリストだ。目を通してくれ」

口調を元に戻した。

「知っている者はいないか?」

カールは首を振った。

「この男は傷害の前科だ。髭を生やしているが、剃るとこうなる。男の名前は、ジョー・ビンクス。こっちがスティーブ・マーフィ。こいつがいちばん凶悪犯だが、トーマス・ゴンザレス。スキンヘッドだが、いつも帽子をかぶっている」

カールは見たことのない顔ばかりだったので、履歴カードをジェフに戻し、今後の捜査の方向を尋ねた。

「聞き込みが中心だ。まだ重要な手がかりは掴んでいない」

「こちらが知っていて参考になることがあるかもしれない。小さな手がかりでもいいから教えてほしい」

カールは落ち着いた声でうながした。

「ボタンが一つだ。床に転がっていた」

「自分のではないことを確かめなくてはいけない。見せてほしい」

「君のではない。タンスの中は調べさせてもらった。でもいいだろう。今、持ってこさせる」

それはジャンパー等の上着につけるもので、その製品の種類まで調べつくされていた。

「犯人がつけていたものに間違いない。だがこれだけでは弱い。踏み込んで警戒されたらおしまいだ。まだ他にも証拠は集まるかもしれない。地固めをしてから行動に移すつもりだ」

今日は捜査に協力してもらって感謝している、と言ってジェフは締めくくった。それから何か動きがあればすぐに連絡してほしい、とつけ加えた。

カールは、エディに送ってもらってアパートに帰った。部屋に入ると、目を閉じて憎しみが消えるのを待った。しばらくすると、電話がけたたましく鳴り、カールはハッとして振り返った。その電話は早く取れ、と言わんばかりに鳴り続いた。

受話器を掴めば、誰かの声が聞こえてくる。が、取らなければ鳴っていた、ということだけで済む。カールはじっと考えた。

電話は、やがて鳴りやんだ。

カールはしばらくしてから、キッチンに行って水を飲んで、鏡に顔を映した。目が充血して腫れていた。まるでリングでパンチを受けた敗者のようだった。

冷静にならなければいけなかった。煮えたぎった血が心臓を何度も通過して澄んだ血になるまで耐えなければいけない、と思った。

ベッドに横になって耳を澄ますと、外の騒々しい音が響いてきた。カールは寝返りを打って、枕に頬を埋めた。心の中にできた空洞は自然に治癒するのを待つしかない、と思った。

しだいに窓の外に活気が満ちてきた。大通りを行き来する車の音が間断なく続き、下を歩く人たちの話し声が、開け放した窓から聞こえてきた。

それは多忙な日常生活を続けて、思考まで同じ回転しかしない人たちの健全な姿だった。カールはゆっくり頭を上げ、袖で口元を拭った。

彼らのように日常生活に埋没しなければ生きていくことができないように思われた。が、ボクサーにとっては、かけがえのない女性を亡くしたことも、ある男を恨んでいることも、また貧しいということも関係がないはずだ。もう一人のボクサーと拳だけで戦う、ただそれだけのために生きる人間にならなくてはいけない。

カールは起き上がると、浴室へ行き、服を脱ぎ、頭からシャワーを浴びた。堅く目を閉じて湯を顔に当てると、心の中にわだかまっていたものが流れていった。

幼い日、同じようなことがあった。それはいつだったか？　カールはシャワーを首筋、背中、そして胸、また頭と当てているうちに、

『そうだ、あの日だ。ビルにストレートの打ち方を教えてもらった夜だ。ビルの腕は水を切ってまっすぐに伸びた。あのときの水と同じだ』と思い出した。カールは体の芯から徐々に力が湧いてくるのを感じた。

タオルを腰に巻いて、部屋に戻り、トレーニングズボンをはき、トレーナーの上にウィンドブレーカーを着て、ランニングする準備をした。靴紐を結び、ドアを開けると、外にチャーリーがいて、ハッと顔を上げた。チャーリーはすぐに俯き、足元を見た。

「どうしたんだ？」とカールは聞いた。

チャーリーの唇は歪んだまま震えていた。

「中でコーヒーでも飲むか？」

カールはチャーリーを部屋の中に入れた。

カールは、落ち着かない様子をしているチャーリーを見詰めて、

「最近はどうしていたんだ？　しばらく顔を見せなかったが」と聞いた。カールはカップとサー

バーをテーブルに持ってきて、

「顔色がよくない」と続けて言った。チャーリーは握りしめた両手を震わせ、

「ぼ、僕はどうしていいかわからない。僕は悩み続けていた。毎日、このアパートの下まで来て君に会おうか、どうしようか迷っていた」と話しはじめた。

「俺は部屋にいた。上がってくればよかったんだ」

「君に会わせる顔がない」

カールはお湯が湧いたのでキッチンへ取りに行き、その場でしばらく胸の奥にくすぶっている怒りを冷ました。カールは戻ると、

「メアリのことは知っているね？」と聞いた。

チャーリーは首の骨が折れたように頷いた。カールは湯を注ぎながら穏やかな口調で、

「何か訳があるのなら話してほしい」と促した。チャーリーは顔をあげて唇を噛んだ。

「カール。今は言えないんだ」

「何が言えないんだ？」

「もう少し、待ってほしい」

「いいさ。君を問い詰めたりはしない。話したいと思ったらいつでもここに来ればいい」

「ぼ、僕は……。信じてほしいんだ。カール。決して悪いことはしていない。必ず君にはすべて

を打ち明ける。それまで待ってほしいんだ」

カールはサーバーに落ちる茶褐色のしずくを眺めながら、

「いいとも」と答えた。


カールは、チャーリーが帰ると、ニューヨーク市警のジェフに連絡を入れた。ジェフはチャーリーが何かを知っていると確信し、チャーリーの動きを監視することをカールに伝えた。カールは翌日、仕事が終わってから練習をするためにジムに行った。トラビィスが、

「もういいのか？　しばらく休むとエディから聞いたが……」と哀れみを込めた口調で話しかけた。カールは、

「心配してくれてありがとう。もう大丈夫だ」と答えた。が、その日の練習は体が重く、パンチにもスピードはなかった。カールは軽く汗を流すだけにした。


数日後、ニューヨーク市警のジェフから呼び出しがあり、カールは仕事が終わってから足を運んだ。エディと一緒に面会したときとは違い、ジェフは紳士的な態度でカールに接し、会議室に案内した。カールがソファに座るとドアがノックされ、婦人警官が入ってきて、飲み物は何がいいか、と聞いた。カールはコーヒーをもらうことにした。ジェフはこれまでの状況を説明した。

それによると例の前科者の男たちはチャーリーを尾行しはじめた、ということだった。

「チャールズ・スタンレーは、何か訳があって仲間とうまくいっていないようだ。アルバートの次の標的は口封じのために彼かもしれない」

ジェフはカールにチャーリーの動きに注意を払うことを伝えた。カールは、

「チャーリーは尾行されているのを知っているのか?」とジェフに確かめた。

「おそらく気がついていない。彼がもし捜査に協力するなら、事件は早く解決するかもしれない」

カールはジェフからチャーリーに電話をすることを依頼された。カールは同意した。婦人警官がコーヒーを持って入ってくると、ジェフは、「ありがとう」と言ってから、これからチャーリーにカールが連絡することを伝えた。彼女は、「わかりました」と言って録音機器の準備をした。

ジェフは再びカールの方に向き直り、

「依頼したい聴取内容はここに書いてある。コーヒーを飲みながら目を通してもらえないか」と伝えた。

カールは内容を読んでから受話器を取り上げ、チャーリーへの通話を試みた。チャーリーは在宅していた。カールは尾行されていることを告げ、捜査への協力を依頼した。

「待ってくれ、カール。君は僕がすべてを知っていると思っているようだがそうではない。犯人

が誰かなんて知らない。ただ、今の組織に嫌気がさしているだけなんだ」と弁明した。

「じゃ、なぜ、君の後ろを連中が尾行したりするんだ?」

「わからない」

「奴らはあの日、どこで何をしていたんだ?」

「知らない。もう聞かないでくれ。頭がどうにかなりそうだ」

チャーリーは声を大きくした。そして穏やかに、

「アルバートは偉大な人間だ。貧しい子供たちに救いの手を差し伸べて施設の建設を計画している」と言った。

「汚い政治家になろうとしている」

カールが差し挟むと、それは誤解だ、と語気を強めた。

「僕たちは新しい社会の建設を計画している。差別のない福祉社会だ」

「努力しない黒人を優遇することによって逆の差別が生まれている」

「カール、そんな捉え方は間違っている」

ジェフが目で合図し、カールは、

「ゆっくり考えてくれ」と言って電話を切った。

カールはその日、部屋に戻ると疲れが出て、倒れ込むようにしてベッドにうつ伏した。すぐに

電話がけたたましく鳴った。手を伸ばして、受話器を耳に当てても声はなく、しばらくしてから甲高い笑い声が流れた。カールはたまらず、

「誰だ!」と叫んだ。すると、笑い声は止まった。次にテレビのCMに使う短い音楽が流れた。受話器の向こうでこちらの動揺を楽しんでいるような間が感じられた後、プツリと電話は切れた。カールは受話器を壁に投げつけた。床に転がった受話器からツーツーという音だけが微かに、それでいてしっかりと流れ続けた。カールは窓を開け、外の空気を吸った。

その後、チャーリーからカールに連絡はなかった。カールはエディと市警察に出向き、捜査の状況を確認した。ジェフは、苦虫を噛み潰したような表情をして、

「二、三の目撃者はいても、犯人の特徴を覚えていない。裁判になれば証言があやふやだということが露呈してしまう。たとえば隣の住人は駆け去っていく三人の男を目撃しているが、四階のアパートの窓からだ。上から見て特徴を掴むのは難しい」と芳しくない捜査の状況を報告した。

「落ちていたボタンは?」とカールが質問した。

「該当する服が彼らの家から得られなかった。もしかしたら罠だったのかもしれない」

「わざと落としていったというのか?」

エディが聞いた。

「今ではそう捉えている」

ジェフはコーヒーを一口啜った。


その後、ジェフは偽の証人を登場させ、容疑者の動揺を誘う策をとった。彼らは気の弱いスティーブ・マーフィに照準をしぼった。

夜、寝ついた時刻を見計らって市警察の刑事が目撃者を装って電話を入れると、スティーブは眠そうな声で応対した。

「見ましたよ。あの夜、アパートから飛び出してくるのを。今日、警察に呼ばれたんですが、あんたの写真を見て、間違いないと思ったんですよ」と刑事は低い声で話した。

「な、何を言っているんだ？」

「私は目撃者として証人に立ってもいいと思ったんですがね」

「おい、誰だ？　そんな脅しには乗らないぞ。いいか、名前を言え」

「あんたらの手口はよく知ってる。名前を言えば、こちらのどてっぱらに穴が開くってことも」

「はは、そんなことはしないさ。何か勘違いしているようだな」

「いいんですか、私は目撃者として証人に立つと言っているんですよ」

「お、俺は関係ない。勘違いもいいところだ」

「そうですかね、私は確信しているからこうして電話をしているんです」

「な、何が目当てだ？」

「ははは。ようやくわかりましたな。要求は後日伝えることにしてですね、今は首を洗って待っていてもらえますか？」

刑事が受話器を置くと、上出来だと、ジェフは言ってヘッドホンをはずした。

ジェフはスティーブを尾行するチームを編成し、監視体制を強化した。

翌朝、スティーブが部屋を出て車を発進させると、イエローキャブを運転する私服刑事が追った。進路は事務所の方角だった。スティーブが勤務するディック・アンド・ドリス商会の事務所の前の歩道には浮浪者に扮した別の捜査官が、新聞をかき集めてうずくまっていた。紙袋の中にはトランシーバーが忍ばせてあり、スティーブと仲間の次の行動を署に連絡することになっていた。

スティーブは一時間後に毛糸の帽子をかぶったジョーと一緒に事務所から出てきて、その日の仕事にとりかかった。彼らは営業車に乗り換え、販売に出かけた。

もしチャーリーが何か知っていれば、彼らは口を封じるためにチャーリーに近づくはずだが、その日、彼らはチャーリーを尾行しなかった。仕事を終えると、いつもと変わらない様子でスティーブは自宅に戻り、ジョーは飲み屋で恋人と過ごした後、彼女のアパートに泊まった。ジェフはその日もスティーブの部屋に偽装電話を入れさせた。

「俺は知っている。あんた方があのお嬢さんをやったことを」と担当の刑事が目撃者を装って話すと、昨夜より興奮した口調でスティーブは、

「だ、誰だ？」と聞き返した。

「それは内緒さ。いいかい、金属バットと銃を忍ばせて押し入った。どうしてあんなことをしたんだ？　俺はそこのところが不可解でね」

「おい、誰なんだ？」

「新聞をよく読んだが、たいそう手荒くやったそうだね。そう、怖がることはないだろう。スティーブ、あんたが恐れなくてはいけないのは俺ではない」

「何が目的だ？」

彼が興奮しきったところで刑事は電話を切った。


ジェフは翌朝、カールと連絡を取り、昼休みに外で食事をした。食後のコーヒーを飲みながらジェフは、カールに昨夜の電話のことを話し、かなり相手が神経質になっているので、身の危険を感じたらすぐに連絡をするように、ということと夜はアパートに警備員をつけること、服の中に隠せる盗聴マイクとテープレコーダーを身につけることを指示した。カールは、

「アパートの警護はいらない」と断った。

「用心のためだ」

「彼らが狙うのはチャーリーと偽の目撃者だ」

「確かにそうだ。しかし、この犯行の動機が過去の事件の抹殺だとすると君も危ない。こちらは目撃者を彼らの前に差し出すつもりだ。そして本来の姿を彼らが見せたとき、それを証拠にする。しかし、予定通りに事が運ぶとは限らない」

「逮捕までにどのくらいかかる予定だ？」

「この数日がやまだと捉えている」

カールは理解した。

カールはその日、仕事を終えてからジムに行き、エディと軽いスパーリングをした。エディはカールの額にパンチを入れてから、両手をあげて練習を止めた。

「今日は止めよう」とエディは言った。

「どうしたんだ？　まだはじめたばかりだ」とカールは、理解しかねる顔をした。

「お前のためだ。まだ心がここにあらず、だ。前なら俺のパンチを受けなかった」

「エディ、さっきのは偶然だ」

「偶然ではない。額に当てたからいいようなものだが、顎だったらお前はリングに伸びていた」

「偶然だ」

「偶然ではない。顎も狙うことができた。カール、帰るべきだ。まだ心と体を休めなくてはいけない」

カールは、仕方なくエディの指示に従い、練習を早めに切り上げて部屋に戻ったが、することがなかった。カールは窓の外の音を聞きながらベッドに横になり、孤独をしみじみとかみしめた。

翌日は休日だった。カールは、軽い食事をとってから、昨日、ジェフから指示されたテープレコーダーを取り出してテーブルの上で操作の確認をした。これを身につけても彼らが接近してこなければ役に立たない、と思った。しかし、しばらくするとドアがノックされ、「アルバートだ。開けてくれ」と声がした。カールは、頭の中の整理をつけることができなかった。

「何の用だ?」とドア越しに声を出した。

「朝から苛立たないでくれ。私は君に危害を加えるために来たのではない。私は君の後援者だ」

乱暴な口調でアルバートは言い、中に入らせてもらっていいか？ と尋ねた。

「時間は取らせない。なぜ、私たちがいがみ合わなければいけないか、そこのところを君と話したい」

カールがドアを開けると、アルバートは部屋の中を見渡しながら中に入った。テーブルの上に

置いてある盗聴マイクを見て、

「こういうのはいつも身につけておいた方がいい。チャンスを逃してしまう。座らせてもらっていいかな？」と了解を求めた。

「何しに来たんだ？」

「君のことが心配だったから来たまでだ」

アルバートは微笑んでソファに腰を下ろした。

「考えてみてくれ。私たちは同じ孤児院の出身だ。その仲間が三人も亡くなった」

それはお前がしたことだ、とカールは今にも口に出しそうになった。

「孤児院はたくさんある。私たちは運命の導きのもとに同じところに集まった。偶然とは思われない」

「何が言いたいんだ？」

「運命のようなものを感じるってことさ」

アルバートはタバコを取り出し、吸ってもいいかね、と尋ねた。

「あいにく灰皿はない」

「じゃ、我慢しよう。どうだい、少しは立ち直ったのかな？」

カールの顔色を伺いながらアルバートは笑みをこぼした。

「君がどう思おうと私は君と親友だ。これだけは理解してほしい」

「できない」

「私と君はずっと前から何かの関係があったんだ。もしかしたら前世で仲の良い人間同士だったのかもしれない」

「君は、ビルとメアリを殺した」

カールは落ち着いた口調で言った。

「ははは、それは誤解だ。私はしていない」

「あの夜、君は遅くベッドに戻ってきた。ビルが死んだ夜だ」

「あの夜はずっと寝ていた」

「君はベッドに入ると体を震わせた。何かをしてきた後だったからだ。壁時計は十二時を少し過ぎていた」

「カール、君はまた私をからかおうとしている。確かに私の少年時代は惨めだった。ハワードから誘い出されていたずらを受けた。だが、それを思い出させるのはよしてくれ。触れられたくない過去だ」

アルバートは落ち着いて説明した。

「君は間違ってビルの頭に石を落としたから良心の呵責に苦しんでいた」

「カール。いいかい、君たちは私を苦しめた。だが今では、それも愛情のせいだと思っている。私は人を愛するのも愛されるのも好きだ。虐められてもね。だが事実と違うことを言われるのは嫌いだ」

「ハワードに手紙を出したのはなぜだ？」

「心配していたからさ」

「なのに君は会いに行かなかった。何かを恐れていたからだ」

「私は忙しくて会いに行くことができなかった。だが、一通も手紙を出さない君たちよりはましだ。いいかい、手紙を出したのはハワードが寂しくしているだろうと思ったからだ。会いに行かなかったのは忙しかったからだ。社会人になった君にならわかるはずだ」

「ハワードは知っていた」

カールは別の切り口から入った。

「ハワードは君を救うために罪をかぶった」

「私を救うために？」

「君は救われたのを知っていた。だからハワードの存在が気になって仕方がなかった。手紙はハワードの真意をさぐるために出した。ハワードが自殺しなければ、君は彼を殺害したはずだ」

「ははは、何を言っているんだ。いくら君が私の親友でも今の言動は許せない」

「俺は君の親友ではない。憎しみを抱いている」

それを聞くとアルバートは、

「とても残念だ」と言って帽子を掴んで立ち上がった。

「さっきの話だが、私は君を信じている。君は自分自身を知らないだけだ。この私をもっと身近に感じていいはずだ」

カールはドアの前に立って振り返ったアルバートに、

「君の両手が鎖でつながれたとき、俺は喜びを感じる」と言った。アルバートは両手を前に出し、そしておおらかに笑い、

「それはありえない」と首を振り、ドアから姿を消した。カールはテーブルに戻ると、頭を抱えた。そして、なぜアルバートは訪ねてきたのだろう、と考えた。


カールはこの訪問をジェフに報告するために電話を入れた。が、あいにく出かけていて要件を伝えることはできなかった。エディにも連絡したが留守だった。

その日、ジェフたちはチャーリーが組織の事務所に入るのを目撃し、スティーブが酒場で酔いつぶれて喧嘩をする現場を捕らえて傷害で連行した。しかし、被害者が起訴しなかったので、一晩留置所に拘束して釈放した。

カールは夕方、エディから捜査の状況を聞き、チャーリーがアルバートと会ったことを知った。エディはパンチング・ボールを叩きながら、

「危ないとすればチャーリーだ。だがジェフたちはチャーリーを二十四時間体制で守っている。心配することはない」と言った。

練習を終えてアパートに戻ると、待ちかねたように電話が鳴った。

「カール。僕だよ。チャーリーだ」

その声はせっぱつまった調子だった。

「会いたいんだ。今、いいかな」

「ああ」

チャーリーは、すぐ行くから、と言って電話を切った。カールは盗聴機をセットし、マイクを服の中に忍ばせた。

しばらくしてドアの外に立ったチャーリーは、思い詰めた顔をしてカールを見詰めた。

「入っていいかな?」

カールは中に通した。チャーリーは落ち着かない顔をして悪い方の足を心持ち引きずりながら、

「カール、君は僕の親友だが、どう言っていいかわからない。信じられないんだ」と切り出した。

カールは座るように勧めた。音声をよく録音できるように近い距離で話し合った方がよいと判断した。しかし、チャーリーは腰を下ろそうとしなかった。

「どうしてあんなことを言ったんだ?」

責めるように質問した。

「何のことを言っているんだ?」

「アルバートが来たと思うが、君は彼に何と言った? 殺人者扱いしたそうじゃないか? だが、この件に関する限り、彼は無実だ。君たちは警察とグルになって、スティーブの家に夜遅く電話をかけて脅迫している。僕は君を見損なった。悲しいよ」

「チャーリー、誤解だ」

「誤解していない。間違っているのは君だ、カール」

チャーリーは、

「君たちは間違った捜査をしている。いいかい、君がそんなことを続ける限り、僕は君を親友とみなさない。あの事件には同情する。とても悲しい出来事だ。でも君たちの捜査には協力できない。遺憾に思っている」と続けた。

「アルバートの入れ知恵だな」

カールが忌々しげに言うと、

「どうしてそう思うんだ！」

チャーリーは食ってかかった。

「君はいつも彼を憎んでいる。だが彼は優れた人間だ。人のために何かをしようとしている。自分のためだけに生きている君とは大違いだ」

チャーリーが出ていくと、カールはジェフに連絡した。ジェフは捜査員を一人連れて、車でカールのアパートに来て、録音機からテープを取り出し、再生を聞きながら舌打ちした。

「明日、スティーブを連行して尋問する。こちらの捜査が厳しいってことをわからせてやるんだ。ここで引き下がったら奴らの思う壷だ」

ジェフは忌々しげに言った。

翌朝、カールは仕事に出かけ、それからジムへ向かった。地下鉄の駅から出るとき、カールは後ろからつけられている気がして立ち止まったが、気のせいだった。

ジムで基本的なトレーニングをした後、カールはエディとスパーリングをした。

カールはパンチを繰り出しながら、

『すべてを忘れることだ』と言いきかせた。

『俺は何物にも囚われないただのボクサーだ。勘で獲物の匂いを嗅ぎつけ、俊敏な足で近づき、すばやい動きで攻撃し、勝者か敗者にしかなれないボクサーだ。胸の中にこだわりがあってはいけない。頭の中に意識した思考が存在してはいけない。この動き、この体が自分のものであってはいけない。自意識を超越したボクサーにならなくてはいけない』

エディは次々と繰り出してくるパンチを防ぐのが精いっぱいだった。カールの鋭く突き上げるアッパーにたまらずロープによりかかると、

「そこまでだ」

オリバーがエプロンから声を出した。眼鏡の奥からじっと見詰め、エディの方に近寄り、

「どうした?」と尋ねた。

「ちょっと体の調子が良くない」

エディがそう言ってヘッドギヤを脱ぐと、カールもそばに寄って、

「いつものエディらしくない。ディフェンスばかり考えている」と注意した。エディは首を振り、

「お前が強くなったんだ」と言った。

練習後、シャワーを浴びてからエディは、そろそろ引退かな、とカールに打ち明けた。

「まだ早い」

「年齢的には限界にきている。今日のお前のパンチを受けてそう思った」

エディは力なく微笑んだ。


久しぶりに気持ちのいい汗をかいたので、体は心地よく疲れていた。ベッドに入って眠りかけたとき、電話が鳴った。受話器を取り上げると無言が続いた。カールは電話を切った。顔を歪めているであろうアルバートの様子が目に浮かんだが、そのような想像を楽しまなかった。勝手にすればいい、とカールは心の中で告げた。

『君が相手にするのはこちらではない。警察の旦那方を君のやり方でお友達にすればいい』

今日はスティーブが尋問された日だった。たとえ何かが変わったとしても今のカールには重要ではなかった。カールは眠った。真夜中にもう一度電話が鳴ったが、受話器をはずして眠り続けた。


次の試合は以前にサムエルが倒した相手だった。勝てばランク入りは確実だとトラビィスは言った。

事件が世間に知れ渡っていたこともあり、前評判は上々だった。かなりの客の動員が見込まれる試合なので、トラビィスは有頂天になった。トレーニングにはいつものようにオリバーとエディ、そして若手を一人入れ、一か月前から郊外でキャンプを張った。カールは十分なスタミナをつけるためにランニングに重点をおいた。
エディは、対戦相手の得意とするパンチをカールの体に入れて鍛えた。エディは自分自身のスタイルを捨て去っていた。対戦相手になりきることでパートナーとしての役割を果たした。

ある夜、カールは眠る前に心臓の鼓動が速くなるのに気がついた。前にもこのようなことがあったのを思い出し、これは体の異常ではなく、何かがやってくる前兆だと捉えた。

『やってくるのならくればいい。俺は逃げも隠れもしない』とカールは闇の使者に向かって伝えた。

足元からしだいに重くなってきた。それは体にべったりと張りついた。まるで人間が上にかぶさっているような感覚だった。次に足が軽くなり、体からはがれていった。カールは心の中で、『どこへ連れていくつもりだ?』と問いかけた。

と、突然、金髪の女性が現れて抱きしめた。何も見てはいけないというようにふんわりとした髪の毛で包んだ。

そこは夜の堤防だった。波の音だけが聞こえた。以前のように空を飛んでいなかった。

いやもしかしたら、ここに残されているのは自分ではないのかもしれない。脳裏に状況を残さないように別の場面を体験させているのかもしれない。しかしそうだとしたら、本当の自分はどこに行ったのだろう？

カールは、ドアを激しくノックする音に気がついた。誰かが体を揺すっていた。

「早く！」

その声はせっぱ詰まっていた。

カールは目をあけると、窓から差す薄い光りを認めた。目覚まし時計は六時を差していた。キッチンに行くと、熱いコーヒーが入れてあり、トーストとサラダが用意してあった。カールはエディに、「俺を起こしにきたか？」と尋ねた。

「いや」

「ドアが朝、ノックされた」

「俺はしていない。が、ここには多くの野鳥がいる。嘴《くちばし》でドアをノックしたのかもしれない」

エディは笑って答えた。

試合の一週間前にニューヨークに戻り、最後の調整をした。トラビィスはジムを訪れる記者たちの姿に満足だった。

「この試合に勝てば、次はチャンピオンのサムエルとの選手権になるという噂ですが」と聞かれると、

「カールは誰とでもやる。そして勝つ。この記事はどこに書かれるんだ？　いいか、私とカール

の写真を撮れ。大きく載せるんだ」と調子に乗った。エディはカールに、気にするな、と耳打ちした。


試合当日、カールはアルバートから面会の申込みを受けたが断った。

会場にゴングが響き渡り、選手の入場の時間となった。カールは頭まですっぽりガウンをかぶり、ゆっくり通路を歩いた。

目映いばかりの照明がリングに注いでいた。カールは、自分の存在を忘れた。ここにいるのは、自分ではなく、ボクサーという別の人格だと感じた。

対戦相手は、中央でレフリーの注意を聞くとき、居丈高にカールを睨みつけた。が、カールはリラックスして、対戦相手の視線を受け止めた。コーナーに戻り、ゴングが鳴ると、エディはまるで鎖につないだ野獣を解き放つように、

「いけ！　カール」と叫んだ。

一ラウンドからカールはジャブを的確に相手に突き刺した。一瞬の隙も与えず、攻め続けた。

相手の闘志は、パンチを受けるにつれ、しだいに傾きはじめた。試合のペースをつかむためには相手の裏をかかなければいけない。が、カールの動きには注意を引きつけるためのニセの動きが巧妙に混ぜられていた。

七ラウンドで相手はたまらず、カールのアッパーに尻持ちをついた。その次にダウンを奪ったのは、右フックだった。

八ラウンド、ついに相手はファイティングポーズをとることができなくなった。レフリーはTKOの宣言をした。

記者たちがコメントをとろうと控え室に押し入ったとき、カールの姿はなかった。試合後、毛布にくるまったカールは裏口からエディとタクシーに乗ってアパートに戻った。

オリバーが花束とワインをかかえてドアを叩いたとき、カールは試合の疲れから解放されていた。三人でささやかな祝杯を挙げ、次の試合でもコンビを組む誓いをたて、オリバーとエディは長居をしないでカールを一人にさせた。

カールは部屋の窓際まで歩き、そろそろこのアパートをひき払う時期だ、と思った。記者やわずらわしい人間関係から遠ざかるために次の部屋を探すことは前から考えていた。

荷物は必要最低限のものにしぼり、残りはエディが処分した。

カールは翌朝、不動産屋に行き、以前から見つけておいた住宅に移るための書類を提出した。

二日後、カールは中古の自動車を買い、それにボストンバッグとスーツケースを乗せて引越しをした。カールの頭に去来するものは予想に反して感傷的なものはなかった。

10

引っ越したアパートは、防犯の設備も整っていた。エディの叔母が部屋を前もって掃除してくれたので、その日からカールは生活することができた。

カールは大きく息を吸い、静かに目を閉じて安心感に浸った。前のアパートに比べると静けさは数段上だった。聞こえてくる音といえば、近くにある公園で遊ぶ子供たちが揺らすブランコの音だけだった。

家賃は以前のアパートの二倍だった。

カールは、メアリと最初で最後の旅行となったパリを思い出した。そして次の試合が終わったら外国旅行に行こう、と決心した。ボクサーであるカールという別の人格のために、体と精神を解放させなくてはいけないと考えた。

カールは夕方まで眠った。

目が覚めたときには、外が先ほどよりにぎやかになっていた。通りでさわぐ子供たちの声と遠くを走るパトカーのサイレンの音がした。カールは起き上がると、買物をするために外出し、近くのスーパーマーケットで野菜と肉を買ってきた。

食事後、読書をしてからベッドに横になると、隣の部屋で男女が言い合いをしている声が聞こえた。周りが静かなので、よけいにその声は響いた。男性は酔っているらしくよりを戻そうと女性にしつこくつきまとっていた。

喧嘩は前のアパートでも頻繁にあり、慣れているつもりだったが、じめじめとした言い合いは気分のいいものではなかった。

ときおり女性が訴えると、男性は数倍の言葉を使って、話を元に戻した。カールはどうにかして止めさせる方法はないものかと考えた。

苦情を言うためにベッドから起き上がると、男性の未練がましい怒鳴り声がして静まり返った。男性は別れる決心をしたようだった。

翌朝、カールは牛乳を温め、トーストとハムエッグ、それから簡単なサラダを作った。

その日、カールは地下鉄の電車の中で一人の女性を見た。女性はすぐに視線を逸らしたが、彼女の薄い肌の色がメアリと似ていたので、カールは注意を引きつけられてしまった。降りる駅は彼女の方が先で、カールは外を眺めて駅の名前を確かめた。

カールは、彼女と以前にどこかで会ったかを考えた。はじめてではないような気がした。

仕事が終わるとカールはジムに行き、柔軟体操をしてからエディとランニングに出かけた。ところどころに落書きされたビルの壁を照らすわびしい街路灯の明かりの下を、帰宅を急ぐ人たちのあいだをぬってエディとカールは走った。

ジムに戻り、リングに上がるとエディは、

「リズムは大切だが、相手に読まれるような動きをしてはいけない」とミットを構えてカールに言った。

「見せ玉は何だ！」

エディが声を張り上げる。

「俺を騙してみろ、カール」

カールはエディの注意を引きつける動きをして、左ジャブをミットに入れた。

「まだだ。まだ読めるぞ。予知不能なパンチをミットに入れてみろ」

エディは、カールを鍛えるために体を絞り、敏捷なカールの動きに対応できるようになっていた。

カールは新しいアパートでの自炊に慣れ、料理にも自信をつけた。

食料品の買い出しは日曜日にまとめてすることにしたので、その日の手荷物は両手にいっぱいだった。エレベーターのドアが開くと、中から女性が現れた。カールはハッとして相手の顔を見詰めた。以前に電車で見かけた女性と似ていた。彼女もまた見詰め返した。

数日後、カールが夕食を済ませてベッドで横になっていると、ドアがノックされた。外に立っていたのはエレベーターで会った女性だった。彼女は、「ガスが漏れているので怖くて眠れない。業者に修理を依頼したが、明日でないと来ることができないと言われた」とおずおずとした口調で告げた。

カールは、「元栓を締めるべきだ」と忠告した。

「すみませんが、見てもらえないかしら？」

カールは、隣の彼女の部屋に行った。

ドアの中に入ると、確かにガスの匂いがした。窓は開け放されていたので冷えきっていた。カールは、オーブンの中を見、そしてホースを調べた。

「今日は元栓を締めておくから明日、ホースを取り替えてもらえば問題はない」

寒そうに立っている彼女に言った。彼女はヘレン・ロスという名前だった。カールは彼女の姿を見詰め、あの電車の中の女性とは別人だと考えた。目に宿る強い光りがなく、不幸を背負ったみすぼらしい人間に見えた。

その頃、ジェフの捜査は行き詰まっていた。三人の事情聴取をしたが、アリバイは成立した。事件当日、三人はバーで遅くまで飲んでいた。

チャーリーは連中と頻繁に会い、カールとは接触しなくなった。ジェフがとった相手側を分断させる作戦は失敗した。

数日後、コインランドリーで洗濯をして帰る途中、カールはヘレンと会った。ちょうど買い物帰りらしく、荷物を下げていた。

エレベーターに乗ると、このあいだの礼を言われ、よかったら夕飯でもと誘われた。カールは丁重に断ってその後、ガスの具合はどうかと尋ねた。

「おかげさまで。でもときおり、ヒーターの調子が良くないわ。夜、切れていることがあるの」

「苦情を言った方がいいね」

「ええ」

それから彼女は、「やはりこのあいだのお礼をしたいから。お口に会う料理ができるかどうかわかりませんけれど……」と勧めた。

俯いて言う彼女の誠意に心を惹かれて、

「それじゃ、ご馳走になるかな」とカールは折れた。

カールは部屋に戻ると洗って乾かした服をタンスに入れて、ベッドに腰掛けた。時計は六時半を差していた。約束は八時なので一時間半あった。カールは横になって本を広げたが、活字を追うだけで内容が頭に入らなかった。そのうちに眠ってしまった。

夢の中でサムエルがリングの上から、

「俺と闘う気があるなら上がってこい」と挑発した。カールは、リングの下でエディとオリバーに、どうするか相談した。

「あのときのパンチはまぐれだ。今度は俺が五秒でリングに沈めてやる」

サムエルはカールに言った。カールは五秒なら絶対に倒されない自信があるので、やってもいい、と思った。だが、グローブがなかった。オリバーにそのことを言うと、困り果てた顔をするばかりで返事がなかった。

『五秒ならグローブなんていらない。上がってすぐに下りるだけだ』

そう考えてカールはエプロンに手をかけた。するとエディが肩を掴んで制止した。

「リングシューズも履いていないぞ」

カールは裸足であることに気がついた。だが、サムエルが了解すれば問題はないはずだと思い、リングに入った。

「遅いぞ！」

サムエルが怒った。カールは、

「待ってくれ」と言って、近寄ってくるサムエルを制止した。

「足を見てくれ、リングシューズがない」

サムエルは忌々しげに目を細め、

「裸足でいい。どうせ五秒しか立っていないんだから」と言った。

カールは少し腹が立った。レフリーがカールのところに来て、

「本当に裸足でいいのか？」と念を押した。

カールは、「早く下りてこい」というエディのせっぱ詰まった表情を見て、何か事情があるのではないかと思い、コーナーに戻りかけると、レフリーが、

「前へ」と指示した。

「少し待ってくれないか？」とカールはレフリーに言った。

「もう時間だ。待てない」

レフリーがゴングを鳴らす合図を出すと、

「待ってくれ」とカールは哀願した。観客は早く試合をしろ、と怒りを表しはじめていた。カールは仕方がないので、このまま試合をすることにした。エディとオリバーはあきれてセコンドを

離れた。カールは、

「エディ！」と呼んだ。エディは、

「勝手にしな」と答えた。

「待ってくれ！」

「俺の忠告を聞かないからだ。誰がグローブをはめずに試合をしていいと言った？」

「悪かった。謝る。だからセコンドについてくれ」

「いやだ」

カールは背後でレフリーとサムエルが耳打ちするのを聞き、ゴングが鳴らされるのではないかと思い、

『どうしよう？』と戸惑った。レフリーはサムエルを呼んで、

「これでは試合にならない」と真顔で訴えた。カールは、

「俺は逃げも隠れもしない。やると言った以上、試合はする。いいか、これから靴を買いに行き、必ず戻ってくる」と言った。リングから下りると、カールは表情を変えた。

『このまま逃げなくてはいけない。俺の背中が、彼らから見えなくなったら走ろう。今は歩調を早めてはいけない。見つかったら連れ戻される』

会場の通路を歩いていくと、椅子に座っているオリバーとエディの姿があった。二人は両腕を

組んでリングを見詰めていた。カールは、

「エディ」と呼びかけた。が、何も聞こえないみたいに眉一つ動かさなかった。

「オリバー」

オリバーもまた無視している。

『二人ともどうしたのだろう？　俺がここにいることがわからないのか？　仕方ない。エディとオリバーは置いていこう。今度会ったときに謝ればいい。それより早く出なければ……』

会場の外に止めてある車に乗り込むと、カールはエンジンをかけた。

車は都会の渋滞を横目に進んだ。反対車線は混んでいたが、進行方向の車線に車はなかった。

排気ガスに煙る高層ビルがどんよりとした空に向かって建っていた。

そこでカールは夢から覚めた。カールはどうしてこんな夢を見たのか理由がつかめなかった。

「カール？」

ヘレンが傍らに立って心配そうな顔をしてのぞき込んでいた。カールは目を丸くして、

「今、何時？」と尋ねた。

「八時半よ」

カールは、頭の中を整理しようとした。ヘレンは、

「ドアに鍵がかかっていなかったわ」と言った。カールは、

「ごめん、寝てしまった」と謝った。

「いいのよ」

「今からでもいいかい？」

「ええ」

カールは上半身を起こし、軽く頭を叩いた。夢の余韻が残っていた。

「よかった。もしかしたら来てくれないのかと思っていたの」

「悪かった。先に戻っていてくれないか」

「いいわ」

カールは洗面所で顔を洗い、鏡を見た。

額に刻まれた皺は夢がとても不愉快なものだったことを表していた。心の奥底に潜《ひそ》んでいるものを払い落とさなくてはいけない、とカールは感じた。


ヘレンの部屋では香ばしい匂いが漂っていた。

彼女は食前酒と前菜を出した。明るさをたたえた瞳は健康的で美しかった。

「以前に電車の中で会ったような気がする」

カールは食前酒を口に運びながら話した。

「朝は、八時に地下鉄に乗るようにしているわ」

降りる駅を尋ねると以前見掛けた女性と同じだった。

「仕事は？」

「小さな花屋に勤めている」

カールは出窓に花が生けてあるのを見て、

「これはお店の？」と聞いた。

「ちゃんと買ってきたものよ。お店のじゃないわ」

彼女は微笑んで答えた。肉料理はチキンの腹に詰めものをしてこんがりと狐色に焼いたものだった。彼女はステレオからお気に入りのクラシック音楽を流した。

「聞いたことのある曲だけれど何？」

「新世界より。落ち着きたいときに聞いているわ」

「今も？」

「今は効果音よ。少しは料理の味が良くなるかと思って」

彼女はワインを取りに行った。戻ってくると、カールのグラスにワインを注いでからヘレンは料理の方には手をつけないで、テーブルに両肘をついて音楽に耳を傾けた。ふっくらとした胸の膨らみがセーターの上から窺えた。彼女は音楽が切れると立ち上がって別のをプレーヤーに載せた。

「クラシックを聞いているときがいちばん幸せ。あなたは？」

「寝ているときかな」

「休みの日は何をしているの？」

「掃除と洗濯、後は買い物」

ヘレンはまるで主婦みたい、と言って笑った。

「おかしいかい？」

「ええ」

「だけど充実している」

ヘレンは、カールが家事をするときにはエプロンをつけるの？　と聞いた。

「そうしたいと思っているが、持っていない」

「今度、遊びに行っていい？」

「たぶん、君は俺の部屋でげらげら笑って、邪魔をするから遠慮しておく」

「そうだと思うわ。でも見てみたいの」

「君は何をしているの、休みには？」

「そうね。朝はゆっくり寝ているわ。それから遅い朝食をとって。あなたと同じ掃除と洗濯」

彼女は、長い髪をかきあげて、

「それもいいことだわ。そうよ。とても大切な生活ね」と自分自身に言い聞かせるように呟いた。

「田舎にいると、何もすることがなくてぼんやりしてしまうけれど、ここでは時間がとても短く感じる。みんながいろいろなことをしているから、私も何かをしなければいけないと感じる。でもよく考えると、それは大切なことではないのね」

食事が済むと、カールは立ち上がってソファへ行って腰を下ろした。数週間前まで同居人がいたはずなので、彼女は一人の生活に慣れていないのだと思った。カールはあの夜の痴話喧嘩の声を思い出した。

かすかにパトカーのサイレンの音が聞こえてきた。

「どうしてここに?」とカールは聞いた。

「一人で暮らすには広すぎないか?」

「それはあなたにも当てはまると思うけれど」

カールはグラスを傾けて、カーテンを少し引いて外の景色を眺めた。街路灯の光りに薄く浮かび上がった通りはひっそりとしていた。そのようなさびれた雰囲気が好きだった。この窓の外には、古ぼけた街灯の明かりと、人気のない通りが似合っている。

「ごめんなさいね。何だか自分だけ酔ってしまったようで」

「気にしなくていいさ」

カールは今にもテーブルにうつ伏してしまいそうなヘレンの姿を見て、はじめに見た瞳に宿った明るい光りはどこへ行ってしまったのだろう、といぶかった。ヘレンは、自分の姿を恥じるように目を伏せた。カールは、少し外を歩こう、と誘った。

「こんな時間に?」

「まだ早いさ」

「でも寒いわ」

「コートを羽織ればいい」

「私はいいわ」

「酔いを覚ました方がいい」

「酔ってなんかいないわ」

「立ち上がれるかい?」

彼女は大丈夫、と言い、

「子供扱いしているのね」と寂しそうな表情をした。

「飲まないの?」

「ここまで注ぎに来たら飲むさ」

「私が歩くことができないとでも思っているの？　見た目ほど酔っていないのよ」

彼女はワインを手にすると、立ち上がった。

「ほら、大丈夫でしょう。まだまだよ」

隣に座ると、彼女はカールのグラスに注いだ。セーターを通して触れる肌の柔らかみが腕に伝わり、鼻先に匂い立った香水に衝動を覚え、カールはヘレンの肩を抱き寄せた。彼女の体は一瞬硬直した。が、その輪郭があやふやに感じるほど、しっとりとまとわりついてきた。意図的なものを感じないではなかったが、カールは思考するのを止めた。

ベッドの上で終えた後、彼女は、

「朝までいて」と甘えた声で囁いた。


朝、ヘレンは昨日とはまるで違い、別人のようにてきぱきと朝食の支度をした。

「もう、起きる時間よ」

そう言って彼女はカーテンを引いた。目映い光りに目を細めてから、カールはベッドの上に畳んである服に気がついた。

キッチンに行き、テーブルに着くと、カールは昨日、眠る前に朝食の内容を尋ねられたのを思い出し、その通りにサラダとベーコン・エッグ、熱いオニオン・スープが用意されているのを見て感心した。

カールはヘレンの笑顔をすがすがしく受けとめた。ヘレンは、カールがパンをちぎり、テーブルの上の料理を食べはじめると、

「よく朝からそんなに食べれるわね」と食欲に感心した。

「夜はひかえて、その分朝、食べることにしている」

「仕事は何をしているの?」

「清掃局に勤めている。ニューヨークを綺麗にする仕事さ」

ヘレンは、どの地区を担当しているのか聞いた。

「ブロンクス」

「じゃ、やりがいがあるわね」

「君はずっと店の中にいるのかい?」

「仕入れは店長の仕事。私はたまに配達に出るぐらい。植物の世話をするのは楽しいわ」

「花を切るときには?」

「それが花の運命だと思うから悲しくない。切り取られて飾られる運命だと割り切っている。もちろん中には店の中で枯れていくのもあるけれど、それはそれでいいの」

「今度、花を買いに行くよ」とカールが言うと、ヘレンは、

「売ってあげない」と微笑んだ。カールはそろそろ部屋に戻って支度をはじめなければいけない時間なので、朝食の礼を言って別れた。

その日は仕事も順調で、練習にも気合いが入った。あまり調子に乗って無理をすると怪我をするので、カールは気持ちを抑制する方に注意を払った。

カールの帰宅する時間は遅かったので、しばらくはヘレンと顔を会わせる機会はなかった。次の日曜日、カールはエディとセントラル・パークで日光浴を楽しんだ。エディは子供を連れてきた。

芝生に寝ころび、カールはヘレンのことを話した。エディは、

「どんな女だい？」と詳しく尋ねた。

「しっかりしている。朝食は俺が伝えたように作ってくれた」

「一回ぐらいならどんな女だってできる。惚れているのか？」

「いや」

「まあいいかもしれない。そろそろ別の女がいると思っていた。焦らずによく見ることだ。大切にしなければいけない女なんて滅多に現れるものではない」

エディはそう言ってから子供を呼んだ。遊びを中断されて戻ってきた少年は難しげな顔をして、

「何？」と聞いた。

「遠くへ行っては駄目だ。ここからあの芝生の切れるところで遊びなさい」

エディは父親らしく言うと息子を解放した。

「家庭を持つと縛られる。自分の思うようにしたいと思っても、うまくいかない。妻や子供のわがままを聞かなければいけないときもある。俺が言いたいのは、カール、お前の年齢なら女性は遊んで捨てればいい、ということだ。そうしても文句を言わない女性がいたら観察をはじめる。そして、彼女が自己を犠牲にできる人だとわかったら大切にすることだ」

カールは、わかったと答えた。

「俺は口でしか言うことができない。もし、そうやって生きていたら今頃どうしようもない人間になっていたか、強い人間になっていた。が、俺にはできなかった。そうした生活につきまとう孤独とさまざまな憎しみに耐えることができなかったからだ」

エディはしみじみと語った。夕暮れが近づくと二人は軽いジョギングをし、柔軟体操をして別れた。

カールはすでにランキング入りしていたが、まだサムエルとの対戦は組まれていなかった。トラビィスは頻繁にコミッショナーに足を運んだが、いい返事はもらえなかった。

しかし、チャンスは確実に近づいていた。その感触を探りながらトラビィスはビッグ・マッチへの期待に胸を膨らませた。トラビィスは、エディとカールを部屋に呼んで状況を説明した。

「いいかい、俺がこのジムを開いて二十年だ。ようやく花が開いた感じだ。もう少しだ、カール。今に大きな試合ができる。でかい金が動く試合ができるんだ」

トラビィスの指は震えて机の上の書類を掴もうとしても掴めないぐらいだった。

「もう一人だ。このアルゼンチンの何といったっけ。そうだ、ウーゴ・リトだ。彼を倒せば次はサムエルだ」

当日のカードにはエディの試合も組まれていた。エディは、そのことを聞いても関心を示さなかった。トラビィスの部屋を出ると、

「負けたら俺は引退する」とカールに言った。

「じゃ、勝つんだ」

カールはエディの目に表れている濁りを認めた。

エディの体重は八十キロを越えていたので、かなりの減量が必要だった。再び体をしぼり込み、それと同時に精神も鍛え直さなければいけなかった。這い上がろうとする力を失ったものは落ちていくだけだ。一時的にしろ、家庭を捨て、自分には何もないという崖っぷちに立った覚悟がなければ勝つことができない。カールはキャンプを張ることを提案したが、エディは受け入れなかった。

数日後、エディはカールとのスパーリング中、コーナーに戻り、

「少し休ませてくれ」と言った。

「俺はお前と違うんだ。そんなに速く動けない」

「まだ三ラウンドしかやっていない」

カールがそう言うと、

「俺はお前と違う！」

エディは言い返した。

「違っても練習は練習だ。のらりくらりとやるつもりはない。対戦相手の動きは速い。それに慣れなくてはいけない」

エディは何も言わなかったが帰りぎわに、

「ボクシングだけがすべてではない。俺にはそれがわかったんだ」

そう言って出ていった。カールは、長椅子に腰を下ろし、両手で頭を抱えた。


カールはその日、部屋に戻っても落ち着かなかった。大切な何かを失う気がした。カールはソファに座り込んで考えた。いつかは一人になる。それは覚悟していた。エディが変わったといって不安になるのはおかしいことだ。

カールは立ち上がると、今日のことはエディに謝っておこうと考え直し、とりあえず電話を入れることにした。ちょうどそのとき、ドアをノックする音がした。出ていくとヘレンが、思い詰めた顔をして立っていた。

「どうしたんだい？」

「ヒーターの調子が悪いの」

カールは、

「中に入るかい？」と促した。彼女は首を振って、

「ヒーターが壊れているの」と今度は視線を上げて見詰めた。

「じゃ、修理屋を呼べばいい」

「こんな夜中に来てくれるわけがないのはわかっているでしょう」

「俺には関係のないことだ」

「ごめんなさい」

彼女はとたんに冷静さを取り戻し、

「ちょっと嫌なことがあったものだから。おやすみなさい」

そう言うと、ドアを閉めようとした。カールは、手で抑えて、

「ヒーターの調子が悪いのなら、調べてみよう」と言った。

「いいわ。明日、修理屋を呼ぶから」

ヘレンは、薄いネグリジェの上にガウンを羽織っただけの姿で、胸の辺りが透き通っていた。少し酒の匂いがした。

「どんな状態なんだ？」

「うんともすんとも、止まったままよ」

隣の部屋に入ると、テーブルの上にはワインが載っていた。彼女の部屋は散らかっており、あの朝が夢のようだった。ヒーターの前に屈み込んだとき、ふと、俺はなぜこんなことをしているんだ、と苛立ちが起こった。彼女が寒さで凍えようと関係がない。寒さをしのげないほどの夜でもない。カールは立ち上がると、抱きたいだけだ、そして、彼女も抱かれたいだけだ、と考えなおした。俺たちはそんなことをたまに繰り返すお隣さん同士だ。カールが振り返ると、ヘレンは怯えて後ろに下がった。

「ヒーターの修理を頼んだだけよ」

カールは腕を掴むと、強引に引き寄せた。

「大声を出すわよ」

捻り上げると顔が歪み、ヘレンは、よして、と哀願した。裾に手を伸ばして、カールはヘレンを床に押し倒した。ヘレンは、

「気が狂っている」と言った。

カールは果てると横に寝ころんで目を閉じた。彼女はカールの耳元で、

「ダウンよ。テンカウント、数えていい？」と微笑んだ。カールの顔は苦痛に歪んだ。

「こんなところに寝ていては駄目。大切な体が風邪を引いてしまう」

彼女はカールの首を抱いて唇を合わせた。

「起きて、お願い」

カールは目を薄く開くと、

「どうして知っているんだ？」と聞いた。

「何のこと？」

「俺がボクサーだということ」

彼女は微笑んで、

「さあ、そんなことより起きなさい」と促した。

「ズボンを上げないと、とてもおかしな姿よ」

「誰に聞いたんだ？」

「何を？」

「俺がボクサーだってことを」

カールは睨みつけた。見る見る彼女の表情から微笑みが消えていき、

「雑誌にも出ている。でもどうでもいいことじゃなくて」と答えた。

カールは立ち上がると服を着た。それから奥の部屋に行くとタンスを開け、コートをわしづかみにしてベッドの上に放り投げてポケットの中をさぐった。

「何をしているの？」

ヘレンは顔色を変えて止めに入った。バーの名刺が一枚出てきたがそれ以外はなかった。カールは備えつけの電話のところへ行くと、そこに置いてあるアドレス帳を手にした。Aからはじまるその番号帳にはアルバートの名前が記されていた。

「奴に頼まれたんだな」

問い詰める口調に怒りが混じった。

「はじめから計画していたんだ。ここに引っ越してきて、注意を引くために喧嘩をする。アルバートが企んだんだ」

「違う」

「どこが違うんだ！」

「ただの友達よ」

カールは住所録の一ページ目を破りとると、彼女を振り払って部屋を出た。

車に乗ると、カールはもう一度、紙切れに記してある住所を室内灯で確認した。闇を照らすヘッドライトの先に、メアリの苦痛に歪んだ顔が浮かんだ。

アルバートはカールのアパートから車で三十分ほどの距離の庭つきの一戸建て住宅に住んでいた。

カールは車から降りると、アルバートの家であることを確かめてから、ドアの呼び鈴を鳴らした。しばらくして、二階の部屋の明かりが点いた。

「誰だ？」

インターホンから眠たげな声が聞こえた。

「君の友達だ」

「カ、カール」

うわずった声が漏れ、それから唾をのみこんだような間が置かれた。

「君か、いやとんだ失礼をした。すぐ開けるから待ってくれ。君が来てくれるとは思ってもいなかった」

カールはドアから離れて二階の窓を見上げた。人影がカーテンのところまで寄って下の様子を窺っているのがわかった。その影が遠ざかり、明かりが下の部屋に灯された。

ドアの内側でアルバートの躊躇う気配が感じられた。ドアが開いたとたんにカールはノブを掴んで一気に開けようとしたが、それを必死になってアルバートは戻した。

「な、何をしに来た？」

カールは手を差し入れ、アルバートの腕を掴んだ。

「痛い、痛いじゃないか」

アルバートが握っていたノブを放した隙にカールは中に入り、顔面を殴った。アルバートはひっくり返って顔を押さえた。

「話し合おう。何があったんだ？　コーヒーでも飲むか？　え、それともお茶にするか？　酒なら上等なのがある。君のためにいつか祝杯を上げようと用意しておいたものだ」

カールは胸ぐらを掴んで捻り上げた。

「女を使ったな」

「何を言っているんだ？」

カールは容赦なく二発目を顔面に浴びせた。アルバートは頬を押さえて床を這いずり、

「わかった。ヘレンのことだな。話す。話すから止めてくれ」

アルバートは唇の周りを血で染めて階段のところへいった。そして一段目に手をついて振り返り、

「お前のためを思ってしたんだ。悪気があってしたのではない。見合いのようなものさ」と説明

した。

「いつ、そんなことを頼んだ？」

「頼まれなくてもわかる。友達じゃないか？」

カールはその言葉を聞くと、頭に血が上り、

「友達ではない」

そう言ってアルバートの髪の毛を掴んで壁に押しつけた。アルバートは頬を震わせ、

「わかった。離してくれ。俺の勘違いだった。君は俺のことを嫌っていた。よくわかったよ」

カールの目を見詰めて言うと、アルバートは花瓶の後ろに隠しておいたこん棒を掴んで振り落とした。カールは側頭部を打たれ、床に片膝をついた。

「私とお前は親友だ。これほど身近に感じる人間はいない。さあ、ここまで来い」と言ってアルバートは笑みを浮かべ、階段を一段ずつ上りはじめた。

カールは目の前が朦朧とした。アルバートの足と頭が代わる代わるぼやけた像となって視界の中を上下に揺れた。カールが階段を一段上ると、アルバートは階段の上から弾みをつけてカールの頭めがけて体重をかけて蹴りつけた。

「どうした？　それでもプロの拳闘家か、へへ。情けないぞ」

カールが床に倒れると、アルバートは下りてきて、頭と腹を容赦なく蹴り、

「好きだよ。カール。とてもだ。お前も、そしてお前の愛したメアリも」と顔を覗き込んだ。

カールは視界の中にアルバートの顔を捕らえた。下から顎にパンチを入れると、アルバートは後ろに尻餅をついた。

「さすがボクサーだ。パンチは鋭い」

カールは、四つん這いになって近づき、今度は立ち上がりかけたアルバートのボディにパンチを入れた。アルバートはその一撃で腰を折り曲げ、階段の手摺りに寄りかかった。カールがゆっくり立ち上がると、

「止めてくれ。もう殴らないでくれ」と駄々をこねる子供のように哀願した。

「メアリを殺したのはお前だな」

落ち着いた声でカールは問いただした。

「何のことだ。私は知らない」

「俺が留守にしている間に人を雇ってアパートに忍び込ませた」

「知らない」

「知っている」

カールはさらにボディにパンチを入れた。アルバートは血の混じった唾を吐き、苦痛に顔をゆがませた。

「言うんだ。誰がやったか？」

「本当に知らない」

アルバートの額に血管が浮かび、唇が歪んだ。

「今度はその顔を二度と見ることができないようにしてやる」

アルバートの顎にカールの左の拳が食い込み、そしてボディから顔面、再びボディとカールはパンチを入れた。アルバートは降参だといわんばかりに両手を前に出して哀願した。

「止めてくれ。俺の負けだ」

アルバートの口から泡と一緒に血が飛んだ。カールは顎にフックを入れた。アルバートは回転して床に大の字に伸びた。カールは胸に忍ばせた小型録音器のスイッチを入れると、ゆっくり近づき、アルバートの髪の毛を掴んで、

「冥土のみやげに最後の証言をするんだ。誰がメアリを殺った？」

アルバートは目を閉じ、そして首を振って微笑みを浮かべた。

「誰がやったんだ！」

カールは首を絞めた。

「し、しゃべれない」

カールが喉から手を離し、ガウンの胸元を掴むと、アルバートは床に後頭部を打ちつけ、へへ

へと笑い、

「永遠に可愛いカールだ」と囁いた。

「誰がやったんだ！」

もう一度、カールが掴み上げると、アルバートは下から拳銃を握りしめてカールの胸に突きつけ、

「これでおしまいだ」と笑みを浮かべた。

銃声が轟き、カールの体が後ろに吹っ飛んだ。


あわただしくキャスターの回る音が病院の廊下に響き渡り、白い服を着た看護婦が病室とナースセンターを行き来した。

「意識が戻ったようだね」

エディが言った。カールは薄く目を開けてエディを見詰めた。それからベッドの端に手をついて涙ぐんでいる母親のモニカを見た。その後ろにかすんで見えるのは誰だかわからなかったが、その輪郭はその場から動かなかった。

カールはそれだけのことを頭の中に刻んで再び意識を失った。

夢の中でエディが相手に殴られて今にもコーナーに戻ろうとしていた。

「エディ！　相手を見ろ！」

カールは叫んだ。

「もうおしまいだ。タオルを投げてくれ！」

闘志をなくしたエディは哀願した。

「駄目だ。あきらめるな。まだやれる。闘うんだ」

「カール。この顔を見てくれ。痛くて仕方がないんだ」

「俺が手当をしてやる。いいか、闘志を取り戻すんだ」

カールはロープをくぐってリングの中に入り、攻めてくる相手に、

「リングの中央に戻れ！」と言った。レフリーが、

「セコンドはリングに入ってはいけない」と注意した。

「わかった。今、下りる。エディ、大丈夫か？」とカールは時間稼ぎをした。

「俺はもう戦えない」

「何を言っているんだ。戦うんだ。勝たなければいけない」

「俺はもう駄目だ」

「まだだ」

「俺はもう引退だよ」

カールはエディの頬を叩いた。

「行くんだ、エディ！」

「休ませてくれないのか？」

「戦うんだ」

カールはエディの両肩に手をかけ、体の向きを変えた。

「さあ、エディ、相手を叩きのめすんだ」

カールはエディの背中を押した。エディは数歩、前に歩いたが立ち止まって後ろを振り返った。そのとき、相手のパンチがエディの顎を打ち抜いた。首の骨が折れたような鈍い音をたててエディはリングに崩れた。

「エディ！」

カールは、倒れたエディのそばに跪くと、

「起きてくれ、立ち上がってくれ」と叫んだ。

オリバーがリングに上がり、「担架だ、担架を用意しろ」と命令した。


部屋の中は暗かった。ここはどこなのか、なぜ体が動かないのか？　カールは頭の中を支配する不快感の意味するところがわからなかった。

部屋の中はとても暑く、喉が乾いていた。肩に痛みが走った。と、急にアルバートの笑みと胸に突きつけられた銃口が蘇った。

カールは唇を噛みしめた。

『この右肩はどうなっているんだ？』

カールは、堅い包帯に触れた。それは胸から肩、上腕部まで固定してあった。右肘を少し持ち上げただけで、激痛が走った。

カールは額に汗をかき、力を抜いてぐったりとした。不安が心の中に広がったが、どうすることもできなかった。

もし、右腕が使えなくなったら……。カールは自分に問いかけて答えを求めた。

『それでもリングに立つ。たとえ状況が最悪でも治してみせる』

ドアの開く音がしたが、首を捻ることはできなかった。足音が近づいてきた。黒い影が近寄り、シーツを直して椅子に座った。ヘレンだった。

カールはどうしてヘレンが、と考えた。が、しだいに意識が遠ざかり、再び眠ってしまった。

翌朝、目覚めたとき、彼女の姿はなかった。医者が看護婦を連れて現れ、その後ろにジェフが立っていた。

診察が済むと、ベッドの近くに歩み寄り、

「こんなことになって同情している。話せるかい？」と聞いた。看護婦が、

「まだ無理のようです」と代わりに言った。医者も、

「もう少し様子を見てからの方がいいです」と首を横に振った。ジェフは背中を向けてドアの方に歩いた。カールが、

「アルバートは？」と細い声を漏らした。

ジェフは立ち止まって振り返り、

「生きているよ」とカールに伝えた。


次に目が覚めたのは昼頃で、エディが一人の男を連れてきた。

「少し話せるかい？」

エディはベッドの近くに来て言った。

「どんなことになったかわかるかい？」

カールは頷いた。

「ここにいるのは友人の弁護士だ。これからのことをお願いした」

カールはひ弱そうな男の顔を眺めた。

「君のことはエディから聞いた。アルバートは、顎の骨を折って話せる状態ではなく、相手の弁護士もどのように出るか、決めかねているところだ」

弁護士は、相手側より少しでも多くのことを知りたいから、状況を話してくれないかと言った。カールは天井を見詰めたまま返事をしなかった。

「話せないのかい？」

エディが心配した面持ちで尋ねた。

「今は一人にさせてほしい」

「それでは」と言って弁護士は、「君には黙秘権がある。警察にも話さないでもらいたい」と念を押した。エディは弁護士を帰らせてから、

「気を落とすんじゃない」と励ました。

「俺の怪我は？」

「右肩を貫通した。鎖骨に破損があり、プレートが入っている」

「再起できると思うか？」

エディは目を逸らしてから、

「できるよ」と答えた。

「明日、また来る。オリバーはもう少し良くなってから来るはずだ。面会は極力少なくするから

エディは、何か不自由があれば言ってくれ、用意するから、と申し出た。カールは、何もないと答えた。ドアの方にエディが歩きかけると、

「ありがとう」とカールは囁いた。


夜、カールはドアが開く音に目を覚ました。今度は小さな明かりを点けておいたので、そばに来たヘレンの面影を捉えることができた。彼女は昨日と同じように椅子に腰を下ろした。

「ヘレン。話を聞いてくれないか？」

カールは上を向いたまま言った。

「気がついたの？」

「ああ」

「ごめんなさい」

「君はいい人だと思う。けれど俺たちはこれでおしまいにしよう。その方がいいと思う」

彼女は両手を合わせて、

「私が悪かったわ。許してほしい。どうすればいいの、何でも言って」と謝った。

「これでいいんだ。君は今日を最後にこの病室には来ない」

「そばにいたい」

「駄目だ」

「私が悪かったわ」

「悪くない。話し続けたらきりがない。君は俺を忘れて、俺も君を忘れる」

彼女は俯いたまま肩を震わせた。涙が伝い、シーツに落ちた。

「タクシーは拾えるかい？」

ヘレンは頷いて鼻を啜った。

「もう少しここにいさせて。お願い。朝になったら帰るわ」

ヘレンは、詰まりながら言った。カールはかまわないと言う代わりに頷いて承知した。そして、目を閉じて全身に広がった鈍い痛みに耐えた。


朝、体温が上がっていることに気がついた看護婦は様子を尋ね、カールの希望を医師に伝えて面会謝絶の措置をした。

ひたすらカールは眠り続けた。が、夢の中でもうなされた。鉄の杭を持った男が襲いかかり、肩に打ち込もうとした。カールは、左手で阻止して、『消えろ！』と叫び、満身の力を込めて押しのけた。男は足元の空間に吸い込まれていった。

カールは夢から覚めると、鈍痛に顔を歪めた。窓が開いていたので、看護婦を呼んで閉めてもらうことにした。

カールは再び眠りに落ちると、何かが忍び込もうとする気配を感じた。

眠ってはいけない、と言いきかせたが、引き込まれるように意識は遠ざかった。カールは目を開けようとしたが、体が金縛りにあって動かなかった。やがて足元に重いものが乗った。

再び男が夢の中に現れ、カールは杭を左手で払いのけ、男の首を左手でつかんで、額に噛みついた。


次の日も熱は下がらなかった。夕方になると医師は座薬を入れる指示をした。

夜、カールは寝静まった病院の中にカタ、カタ、と音が響いているのに気がついた。何かを押している音と思ったが、その音の中には足音が伴っていなかった。

その音は部屋の前まで来て止まった。カールは首を持ち上げようとしたができなかった。耳を澄まして様子を窺った。

しばらくは何の音もしない状態が続いた。

それからキーッとタイヤが床にすれる音がして、またなめらかに床を擦っていく音が続いた。

カールはドアに鍵がかかるものなら夜はそうしておいてもらいたいと思った。

次の朝は熱がひき、カールはゆったりとした気分で窓の外を眺め、カーテンを揺らして入る風を気持ち良く吸った。看護婦は検温の後、朝食を運び、

「どうですか具合は？」と質問した。

「だいぶ、いいです」

「食欲はありますか？」

カールは頷いて、

「次の手術はいつですか？」と聞いた。

「まだ決まっていません。体がもっと治らないといけません」

プレートを出すのは骨が固まってからだった。それから練習ができるまでにはどれほどの時間が必要なのかわからなかったが、カールは早く体を動かしたいと思った。


カールは夜になると誰もいない寂しさからヘレンを思い出した。せめて退院するまで追い出さない方がよかったと後悔したが、そんな気持ちになる自分に呆れ返って、しっかりしなくてはいけないと戒めた。

『俺はボクサーになるためだけに、今はこの体を治さなくてはいけない』

カールの体は順調に回復に向かった。一週間もするとベッドの上で起き上がることができるようになり、歩行する許可が下りた。

一か月後、カールは退院し、清掃局の事務の仕事をあてがわれた。


それからしばらく、カールはジムの練習から遠ざかった。職場とアパートの往復を繰り返すうちにしだいに焦りはなくなった。そして、五か月後のプレートを出す手術の日、エディとオリバーは、再入院したカールを見舞いに来た。

二人は腰を下ろし、カールの元気そうな顔を見てほっとした表情を見せた。

「プレートを出してからがいちばん大切な時期になる。ここで無理をしてはいけない。また動くことができなくなるが、じっと我慢して寝ていることだ。わかったかい？」

オリバーが諭すように言った。看護婦がキャスターのついたベッドを病室に運んでくるとカールに、

「これに着替えてください」と手術用の白い服を渡した。オリバーはまるで自分のことのように心配した面持ちで眺めた。カールは点滴用の針を腕に刺された。看護婦は、

「もういいですか？」と二人に聞き、カールが横たわった手術用のベッドを押して病室から出た。

手術は局部麻酔で行われた。肩の骨がむき出しになり、ときおり器具が当たる音がした。二時間ほどで戻ってきたとき、カールは行く前とはまったく別人のように顔から血の気が失せ、ぐったりとしていた。

カールは看護婦に支えられてベッドへ移動した。固定してある肩から上腕部を左手で支えて横になった。

「しばらくは安静にして話すのもひかえてください。何かあったら呼び鈴を押してください」

看護婦はエディとオリバーにそう言って出ていった。カールは眠りについた。夜の食事が運ばれてきたが、食欲はなかった。食後に飲む薬は五種類あった。

エディとオリバーは夕食の手助けをしてから帰った。カールは全身の倦怠感を感じた。自分の体がただ呼吸しているだけの肉の塊のように思えて忌まわしかった。

夜になると鈍い痛みが広がって目が冴えて眠ることができなくなった。カーテンを透かして月の光りが薄く差し込んでいた。カールは遠い過去の日々を思い出した。あの薄ぎたないアパートの生活が目に焼きついた。

それからバドとフェリーに乗ったこと。教会には孤独な境遇の少年たちがいたこと。ビルに右ストレートの打ち方を教わったとき、シャワーからほとばしる水が目に入って顔をしかめたこと。メアリとの生活では、はじめて普通の家庭にある平穏な生活をしたように満ち足りていたこと。

カールは過去の思いに浸ると、脳裏にメアリの変わり果てた姿が蘇り、怒りに体を震わせた。

そのとき、廊下の方でカタリと音がした。カールは注意深く耳を澄まし、誰かいるのだろうかと訝った。

床を擦る音がした。カールは以前にもこのような音を聞いたのを思い出した。部屋の前まで来て戻っていくだけだが、姿が見えない相手というものは薄気味が悪かった。

その音はやはりドアの前で止まった。

ドアが開き、明りの細い筋が部屋に差し込んだ。そして、床を擦るなめらかな音がした。それは車椅子だった。カールは横に来るまで寝た振りをした。窓から差し込む月明かりに金属の部分が光り、俯いた男の顔が照らされた。

男は車輪に手をかけた。向きを変え、ドアの方に進もうとしたとき、カールは押し殺した声で、

「何をしに来た?」と問いかけた。アルバートは、

「起きていたのか?」と言ったが、カラーで固定された首は回らなかった。

「喧嘩をしに来たのではない。ただ様子を見たくなった。私はこんな身体だ。もう元には戻ることができない」

車椅子に座ったまま低い声で言ってから、アルバートは車輪を回してドアの方に移動した。ベ

ッドが軋むと、

「起きあがることができるのか？」

アルバートは怯えた声でカールに確認した。

「せっかく来てくれたのだ。起きないわけにはいかない」

「待て。私はただお前を見にきただけだ」

「俺にもお前の姿を見せてくれ」

「この通り、車椅子の身だ。私は一生立ち上がることができない」

「たとえ、そうだとしてもお前の魂はいつも自由に羽ばたくはずだ。体がどうであろうと、お前は必ず俺を陥れる」

「もう終わったんだ。私はもうお前とはつき合うことができない」

「俺とお前の関係は終わっていない」

カールはベッドの下に足を降ろした。

「よせ」

アルバートは車椅子の片側の車輪を手で回して向きを変え、杖を前に出して構えた。

「私はお前が好きだった。本当だ。それは信じてくれ。それなのにハワードに弄ばれた私をわかってくれ。お前たちは面白がって私を見ていた。だが、もう終わったんだ。この体も言ってみればお前からもらったようなものだ。私は大切にこの体をいただくよ。お前も満足したはずだ」

「まだだ」

アルバートは、立ち上がったカールの姿を見詰め、カールが左手を伸ばして掴もうとすると、杖で払いのけようとしたが、空振りした。

「もう、終わりだと言ったろ、止めてくれ。私はもう動くことができないんだ。それにお前を傷つけるつもりはなかった」

「嘘を言うな」

「本当だ。あれは事故だ。私は撃つつもりはなかった」

「お前の人生は嘘のかたまりだ」

「そう思うのなら思え。だが一つだけ言っておく。俺はお前の胸に銃口を当てたはずだ。だが、貫通したのは肩だ。私は引き金を引かなかった。銃を下げようとしたとき、カール、お前が、私の腕をつかんだから」

「嘘だ」

「よく考えてくれ。私が銃を突きつけたとき、私は笑っていた。が、笑いながら引き金を引く奴はいない。引き金を引くときは、一点を見詰めて緊張するものだ」

カールは左手を伸ばしてアルバートの胸倉を掴んだ。そして、ゆっくり前に引っ張った。アルバートは顔をひきつらせて、車椅子から前かがみに落ちた。カールの顔は憎しみに満ち、アルバートの瞳には哀願する光があった。アルバートは、

「止めろ。私はお前を見舞いにきただけだ」と言って車椅子の方に手を伸ばして這いずった。カールは肩を押さえてベッドに崩れるように横になると、顔をしかめて痛みに耐えた。

アルバートはゆっくりと笑いはじめた。

「何がおかしい？」

詰問する口調でカールは問い詰めた。

「どうした？　どうして私を蹴らない。どうして私を殴らない？」

「殴られたいのなら他の奴を捜せ。俺はお前に興味はない」

「偉そうなことを言っても、やはり、いつまでもかわいいカールだ」

カールは視線を下げて慈しむ目を投げた。

「俺を子供扱いするのなら、お前もだ。アルバート」

「はは。私は次の選挙に出る。いいかい、時代は変わった。私たちは団結して力を得た。私は政治家になり、暴力を排除する。非暴力主義だ。私はニューヨークを愛している。民衆の味方だ。私は孤児院を作る。子供たちの味方だからだ」

アルバートはそう言って笑った。そして首を押さえて真顔になった。

「く、首が……」

カールはベッドに横になったまま天井を見詰めた。

「お、おい、誰か呼んでくれ。下に車を待たせてある。運転手を呼んでくれ」

カールはベッドの頭にあるスイッチを押した。まもなく看護婦が走ってきた。


翌日、チャーリーがやってきてカールに別れを告げた。チャーリーはアルバートの組織から破門されていた。

それを言い出しはしなかったが、

「もう、君たち黒人の運動には手を貸さない。君たちは利用するだけ利用して用がなくなるとゴミ屑のように捨てた。この闘争は黒人の利益に終始した。僕はもう見ていられない」と言った。

「どうするんだ?」

「就職することにした。ロスに行く。この国はまたもとに戻る。いいかい、その徴候はすでに現れている。働かない者の味方なんかできない」

チャーリーが帰るとエディが例の弁護士を連れてやってきた。いい報告があると言ってエディは穏やかな笑みを浮かべた。

「アルバートが起訴しないと言ってきた。カール、お前にとって、これほどラッキーなことはない。協会も出場停止処分を再度考慮することを約束してくれた」

それでもカールは笑みを浮かべなかった。起訴しないのは寛大さを売り込むためであり、アルバートは次の選挙のイメージ作りをしたに違いない。

カールは日差しの温もりを、窓辺に揺れるカーテンの襞《ひだ》に感じていた。確かにニューヨークは変わろうとしていた。さまざまな人間が新しい何かをまとって登場しようとしている。

チャーリーのように利用されて放り出される人間もいる。

アルバートのような人間も、そうでない人間も揃って非暴力を唱える。まるで差別がある種の力となって人々を、そしてこの国を動かしていた時代のように。

カールはしだいに騒々しさを増した窓の外の気配に耳を傾けながら、ずきずきと痛みだした肩を押さえて目を閉じた。

弁護士の説明が、機械的な声となって続いていた。

永井　夢尾（ながい　ゆめお）
1960年、岐阜県生まれ。
著書『遅刻』2008年　東洋出版

自由《じゆう》の女神《めがみ》は微笑《ほほえ》まない

二〇〇九年九月一九日　第一刷発行

定価はカバーに表示してあります

著　者　永井夢尾《ながいゆめお》
発行者　平谷茂政
発行所　東洋出版株式会社
〒112-0014　東京都文京区関口1-44-4
電話　03-5261-1004（代）
振替　00110-2-175030
http://www.toyo-shuppan.com/
印　刷　日本ハイコム株式会社
製　本　ダンクセキ株式会社

 ISBN978-4-8096-7603-1